泡《あぶく》の子

樋口六華

集英社

# 泡の子

——王が捕まった。

二日前、王が警察に逮捕された。罪状は未成年淫行だった。ツイッターの画面を見ながら、王と逮捕と未成年淫行という文字が横並びにされるのはかなり珍しいことだと思った。

画面を指でスクロールしていた七瀬が、

「あ」

と幽《かす》かに叫んだ。ツイッターじゃなくて現実で。

その時彼女が「王が捕まった」と言ったのだ。少し洒落た表現だと思った。その時はまだ『王』という言葉にピンときていなくて、それでその中二病くさい異称を聞いてすぐに思い出した。そういえばそうやって呼ばれている（自称しているだけかもしれないが）大人がいた。トシがよく彼の話をしてたのを思い出した。

ツイッターにあげられてる記事の画面を七瀬が見せてくれた。両脇にいる警官と俯いて連行されている王が写っていて、その写真に続いて十五秒ぐらいの動画があった。少し白髪が混じった真面目そうなニュースキャスターが原稿を読み上げた後、さっきの王がフラッシュを浴びながらパトカーの中に入れられるまでのニュースの切り抜きだった。あまり写真と変わらない様子だったけど、動画では彼の顔が一度だけ鮮明に映った。最初のフラッシュの後にこちらを睨みつける王の顔。

やっぱりそれは遠くでチラッと見たことがあるあの顔だった。もう一度最初から巻き戻してみる。

「今週新宿区歌舞伎町の通称トー横と呼ばれるエリアでボランティア活動をしていた男が、十六歳の少女に淫らな行為をした疑いで逮捕されました。男は『王』と自称し、炊き出しなどを行うボランティア団体で会長をしていましたが、……」

ニュースキャスターは淡々と説明しながら、いちいち『王』という言葉を強めに発音した。原稿に王（強く発音）とでも書いてあったのだろうか。

彼の口調は檻の中を指差しながら特徴を並べていく動物園のガイドみたいな感じだった。あちらにいるのは夜行性生物で、長い髪と涙袋が大袈裟なくらい強調されたメイクが特徴です。また、市販薬を一度に大量摂取するオーバードーズ（ＯＤ）をしたり、リストカットなどよく自傷します、みたいな犯罪者を取り扱う時の、常に一定の距離をあけて自分たちと区別しながら分析するようなあの感じ。

よく見えるように太字で大々的に書かれた「未成年淫行」という文字は晒し首のような意図を感じた。ただ大きく石を投げる的を用意してるけど、肝心な部分は見えないようになってる。この構図は未成年淫行という抽象的な表現と被害者の年齢だけを開示して、世論の怒りを煽るのに特化してる。

〈王が捕まったことについて、何かありますか？〉

「意外でした。はい。あの人がパパ活で逮捕なんて、驚きです。今まですごく良くしてもらってたんで」

「えー！　捕まったの。まじかー。なんか急ですね」

〈結構タトゥーとか入ってると思うんですけど、何か怖いとかそういう印象はありましたか?〉

「はい。あー確かに。結構ぱっと見は怖かったー。めっちゃ刺青びっしりって感じで。でも、グラサン外したら結構イケメンって感じで、ぶっちゃけタイプ、みたいな」

「ちょっとやばいって。この子結構刺青とか入ってる人好きなんですよ。てか、あの人そんな趣味あったんですね。ちょっと残念、っていうか」

「やっぱあんたも狙ってたんじゃん」

そういうんじゃ……。

七瀬がスマホの電源を切った。女の声が吸い込まれるように手の中に消える。

テレビのインタビューでは『意外』という言葉がよく出てきた。『意外』というのは確かにあった気がする。そういうことをしない人というイメージが彼にはあったような気がするから。実際に彼と話したことはなかったけど、彼はどちらかというとこの場所でも慕われているタイプのオトナで、基本的にこの場所の敵は警察とか先生とか親とかそういうオトナであったけど、彼はご飯を作ってあげたり、相談に乗ってあげたり、時には喧嘩してるところに割って入ったりして子供たちからの信頼と尊敬を集めていた。パパ活やODももちろん禁止していた。

でも、一方で彼はかなり嫌われてもいた。パパ活禁止令やオーバードーズ禁止令など、独自にこの界隈のルールや規則を作って若い子たちの行動を制限しようとしてたから、そういう束縛は一部の界隈の子の反感を買った。元々束縛とかから逃れるために地元から逃げてきたという人間が殆《ほとん》どだし、かくいう私もそういうタイプだったからなんとなく彼のことは好きじゃなかった。あと、いつもグラサンかけて偉そうなのも鼻についた。だから直接話したこともないわけで、誰が発してるかわからない画面の中の文字列と知性も信用もない人間からの証言でしか彼のことはわかり得ないから、色んな噂を纏《まと》っていたその肖像は曖昧だった。まあ、逮捕なんてここじゃよくある話だ、どうせじきにまた出てくるだろ、と軽く思ってた。

彼が留置場で死んだのはその三日後だった。

＊

一つ一つの細胞が分化し、小刻みに震えながら変容していく。

白い球の側面から血管が伸びて、黒い点が浮かび上がり、それは生まれて間もない眼《まなこ》で静かに私を凝視する。脆弱な手足が体を突き抜けるように生えるけど、四肢は折れ曲がっていてしっかりと立つことができない。何度も倒れるのを繰り返しながら真っ白い地面に歪んだどす黒い領域を伸ばす。果てがない真っ暗闇の世界だった。視界は3ｍで止まり、白い床と暗闇、怪物と私だけがそこに存在してる。明かりはないのに私と怪物の周りだけが可視化され、怪物の向こう側の不透明な闇は永遠を思わせた。

不気味な生物はパワダワと呻《うめ》きながら、完成していく。痙攣が止まり分化が停止すると、それは溶けかけた不完全な姿でじっと下から私を見つめる。睨むでもなく、感情が欠落した眼で私を凝視する。それはシュルレアリスムの絵のような、中身のない寓話のような、神秘と恐怖、またその裏に仄《ほの》かな諧謔《かいぎゃく》心《しん》と親近感が潜んでる。怪物が目を閉じて、やがて浅く上下に動いていた体が止まった。怪物が物体に還り地面に溶け出すと、私は怪物をそこに置き去りにし目覚める。

怪物との邂逅《かいこう》の殆どは薬の副作用だ。いつも夢の内容は変わらない。怪物が生まれ、私を凝視して、また溶けるのを繰り返す。声は出せない。そもそも自分の手足も見当たらない。椅子に縛り付けられたような視点から、怪物の誕生と死を観察するばかりで、他のあらゆる自由が制限されている。

しかし、その割に怪物はさほど恐怖の対象ではなかった。私はなぜだか、怪物のことを知っている気がする。宇宙を想起させる静寂の空間には視覚と嗅覚だけが取り残されていて、その僅かな手がかりが鼻を掠めるたびに、忘れかけていたナニカが顕現しようとする。ノスタルジアが残した虫歯の痛みに似た疼きは、心の奥のこそばゆさに、また沈殿していく。

私はそれをなんと呼ぼうか未だに迷ってる。正体不明の怪物に意味づけをしてしまうことを、躊躇しなくてはいけない気がするから。私は便宜上、その歪《いびつ》な怪物を『彼女』と呼んでいる。

悪夢からの目覚めは、いつも湿っている。夜の冷気が頬に染み込んでいた。粘り気のある汗が地面と私を接着していて、空気は不快な熱気を帯びていた。折れた割り箸。倒れた紙コップ。くしゃくしゃになったレジ袋と吸い殻。散乱した銀色の紙は、風邪薬の抜け殻。折れた割り箸。破れたキティ。いつもと変わらない、汚れた水平マイナス九十度の世界で湿った風がアスファルトを濡らしてるのを皮膚が直に感じ取る。顔の向きを変えた時、ざらついたアスファルトが頬を引っ掻く。海底を乱す錨《いかり》みたいに頭が垂れていて、引き摺らなければ横向きになれない。体全体が地面にぴたりと張り付いていて、引き剝がすことが困難なほど重い。

地面の声を直接聞くような体勢で、地中を伝わる曇った音は心臓に近く、喧騒はほんの数センチ先にあった。喧騒と雑踏が入り混じり、静寂が締め出された空気には排気ガスと副流煙が揺蕩《たゆた》っている。全てがまず、震えていた。

定まらない焦点と意識が瞳に映る全てを次々と無差別にキャプチャーする。募金をねだるライオン像に派手な服装の女がまたがって携帯に向かってポーズをしていて、その様子を銀髪の女が写真に撮ってる。視界に見える全ての人間、髪の長い男も、金髪も、男も女も、その顔には黒いマスクが張り付いていて殆ど顔は見えないのに、それ以外の部分の露出は高い。まだ冬なのに剝き出しの足と、腕はえのきみたいな細さと白さに、手羽先みたいなピンク色がかかってる。息を吸うと、寂寥《せきりよう》が肺に染み込んだ。冷たい空気が滞っていた体内の吐息を押し出すように入り込んで、肺胞は新鮮で急な冷気に晒された。さっきまで息するのを忘れていたような気分だった。久しぶり、私、あと世界。と、その裏にわずかな失望。

見つめても何も浮かばない。思考がいつまでも先送りで、ただじっとしていたいような気がする。人混みの向こうで、カミキが屈みながら地面にぶちまけられたカップラーメンを啜ってる。ゆるちゃが土下座してて、触腕みたいなツインテールが地面に張り付いてる。シークレットブーツが頭を踏みつける。誰かが足を広げて寝てて、その横で紫の髪の女が携帯をいじっている。その空間は、どうにも境界線が曖昧で、僅かに色だけで互いが反発しあっている。体はまだ怠くて、頭を引き摺るように無理やり身を起こそうとすると硝子《ガラス》の破片が脳を通り抜けるような痛みが通過して、もう一度地面に磔《はりつけ》にされた。

破片が通り道に残した痛みはいっそう頭を地面にめり込ませた。種みたいに土に紛れたい。下はコンクリートだけれど、それも蹴破って土に。もう、いっそのこと割れた方が楽な気がする。割れてしまえ。壊れてしまえ。振れる目眩の中でそう願うと、その刹那、脳の内側で頭が二つに裂けて、頭蓋を蹴破りながら花が咲いた。血のように赤い月下美人が私を見下ろす。灼灼たる花弁が刺すように輝き、火花のように闇に踊ってる。チラチラと閃光の残像を脳裏に留めながら、妄想はまた痛みに溶けていく。頭が見せる幻覚と、叫ぶ体が齟齬をきたしていた。忙しなく体のあちこちが壊れていて、治ったと思ったら次は別の器官が悲鳴を上げる。穴の空いた船底から掬《すく》っても掬っても水が入ってくるみたいに、何度繰り返しても埒が明かない。今度は猛烈に吐き気がした。内側で消化器官がのたうちまわって、それは痙攣しながら喉元に酸っぱい粘液を送り込む。

呻きながら頭を転がしてると、足元の自転車のすぐ近くに座っていた、ニット帽のホームレスが手を伸ばしてきた。私の太ももを摑んだ汚れて黒ずんだ硬い爪が、強く食い込む。叫ぼうとしても、喉に何かが詰まってるような声しか出ない。空気が抜ける音がひゅごひゅごと漏れるだけだった。まるで潰すと音が鳴るおもちゃ。思いっきり握りしめて、最後に汽笛のような音をあげて壊れたおもちゃだ。鬱陶しさと吐き気が襲ってきて、胃の中の粘膜が暴れ回る。酸っぱいものが喉をせり上がって、キリキリとした痛みが次は喉を痙攣させる。嫌な唾液が舌の裏から湧いてきて、食いしばった歯から漏れていき、ガタガタの前歯から抜け出して唇から横向きに伝った。マウスピース矯正をしてから五ヶ月経つのに、歯並びは一向に良くならない。

叫べないのを気弱だと勘違いしたように、ホームレスがニヤリと笑った、のを感じた。ホームレスがスカートを脱がそうと無理やり下に引っ張ると、急にベルトが締め付けられた拍子に、お腹の圧力が高くなった。

無理やり私を摑んでいた手から力が抜ける。地面一面にぶち撒けられた吐瀉物が、ネオンの煌めきを反射する。

ホームレスが自転車を漕いで遠のいていくのが見えた。ぼやけた点が、信号に溶け込む。赤茶色の焦げたようなダウンが小さくなっていくと、さざめきが一歩離れて、夜の静寂《しじま》が私を抱擁した。さっきまでの焦燥と不快感の熱《ほて》りが冷めると、今度はそれに対応して胃の中も静まり返った。うざったい微熱が耳に残って、ぬるい夜風が徐々に連れ去っていく。酔いが覚めてくのは、ほんの少し気持ちよかった。

また人影が近づいてきて、そっとそばにしゃがみ込んだ。今度は抵抗しなかった。人影は私の上半身を起こすと、脇に手を入れダンボールが敷かれた壁際まで寄せた。視界はまだ少しもやがかかっていたけど、その時は不思議なくらい私は落ち着いていて、されるがままに引き摺られていった。甘い香りが私を懐かせた。

また私を横向きに寝かせて、人影は掛け布団をかけた。薄い布団だった。酒や薬を地面に並べて座っていた輪に入れるように私を移動させたのは、多分遠くでODをしてた連中の一人だ。記憶を辿りながら、掛け布団の主を思い出そうとしたけど、定期的に頭を襲う発芽の痛みでリセットを繰り返していた。

女だった。ここじゃ男でも大概長髪だけど、人影はやっぱり女の香りがした。女は私を背に匿《かくま》うように輪に向かい、地面に置かれた風邪薬のカプセルを一気に飲み込んだ。目の前にいるのに少し遠くに見えるその輪は、生ゴミを食い漁《あさ》るカラスに似てた。ピンクに縁取られた獰猛な目をしたカラスどもが、這いつくばりながら懸命にカプセルをつっつく。黒いマスクはくちばしのようにピッタリと顔の一部になっていて、食べる時も外さずにマスクの下から押し込むようにしていた。カプセルを一気飲みした後、ペットボトルがぺしゃっと地面に転がった。ぼんやりとした意識の中で、水欲しいな、と思った。

朝日が瞼を透かして起こす土曜の午前六時。

まず初めに歯とそれを覆うプラスチックの隙間に吐瀉物が挟まってるのを感じた。その不快な感覚が昨夜の記憶を引き出す。それはどこか他人事のような、夢の切なさのようなものがあって少しリアルな主観の映画を見てる気分だった。しかし太ももに残った爪の跡と掛け布団が、現実だった確かな証拠として、あった。服にべっとりと張り付いた吐瀉物と酸っぱい胃酸の臭いも。また吐きそうになった。すぐに、掛け布団の主のことも思い出したけど、顔も服装も何もかもが曖昧だった。みんな似たような服装で、似たようなことをやってるから見分けがつかないというのもある。それでも突っ立って記憶を掬いながら思案していると、二月の風が袖の中を吹き抜けた。水気の多い吐瀉物が急に冷える。まずはシャワーを浴びよ、と思った。

そこから僅かな距離を歩くと、新宿区でも不気味なくらいボロい場違いなビルがある。一階テナント募集と書かれたこのビルの雀荘の上の階、三階の三〇三号室にトシの部屋がある。新宿には腐るほどビルが建ってるけど、実際腐ってるのはここくらいだ。遠くから一見すると別に何でもないビルだけど、近づくにつれてその雑な構造が露呈していく。

錆びついた階段は塗装が所々剝げていて、皮が剝がれかけた白樺みたいに茶色の錆を露出させている。片足で乗ってもゆっくり乗ってもかかる重みは変わらないとは思うけど、上るたびにいちいち軋む階段に勢いよく一歩を踏み込めるほど私に勇気はない。もちろん手すりなんて信用できない。外付けの手すりは明らかに緩んだボルトで繫がっていて、触れた瞬間すとんと落ちそうだ。泥棒だっていつ崩落するかわからない場所に盗みに入るほど度胸があるやつは少ない。こんな信用のない建築物に人が住んでいるんだから、東京はやはり恐ろしい街だ。はじから三番目に位置する三〇三号室のドアの前に立つと、インターホンを押さずにそのままドアに手をかけた。鍵はやはりかかっておらず、ドアを開けた時、滞留していた空気を押し込むような圧力を感じた。すぐ後にその臭気にやられた。生ゴミ、排泄物、油彩、質量の重い臭いが鼻を掠める。暫《しばら》く部屋に入らず、ドアを開けて空気を逃がしていると、上半身裸でトランクス姿のトシが現れた。芸術的な寝癖と寝ぼけた顔で「おはよー」と欠伸《あくび》混じりの声を上げながら、首をぽりぽりと掻いてる。

「近所迷惑になっちゃうから、早く閉めてよ」

「まだ。最低でもあと十分は開けとかないと窒息死する」

「え、十分はまずいよ」

そう言っても、たいして気にもしてないようで「十分経ったらちゃんと閉めてね」と言いながらまた奥に戻って行った。携帯のタイマーで十分計ってから最後の新鮮な空気を思う存分外で吸って、幾分かマシになった最悪な臭気の中に潜る。

トシの部屋は相変わらず雑然としていた。あっちこっちに、積み重なったカップラーメンの容器と漫画が散乱していて、棚の近くに『中出し三連発！　俺の子を孕《はら》めっ！』とプリントされてるディスクが転がってる。棚には同じようなＡＶが並んでて、床に散乱した本とか漫画はこれに場所を追いやられたようだ。ビデオの隙間になぜか場違いなルイボスティーが混じってる。机にはポリ袋からはみ出て積み上がったミンヤクの空き箱。捨てないでとっておいてるのが心配させるためのアピールみたいに思えて、未練たらしく見える。マグカップの中を覗くと、少し泡立って膨らんでる黒い液体が入っていた。科学者でも作れないくらいやばい薬品。「トシ、このコーヒー、いつの？」と洗面台の前のトシに呼びかけると、歯磨き粉を吐き出しながら「三日前くらいじゃね」と返事をした。

「ちょっと膨らんでるよ」

「じゃあ一週間」

居間に戻ると、椅子に積み上がった服たちをどさっと床に下ろして、さあ座ってとでもいうように私の方へ回してきた。私の視力１・２の目はそこに群がってる０・２㎜の億万のダニと尻を蝕《むしば》む恐ろしいバイ菌をしっかりと透視する。さすがにそこに座

るのは遠慮して立っていると、

「あ、お前今汚いとか思ったべ。俺は清潔感がないっつーかさ、不潔への許容範囲が広いっていうの、まあそんな感じなのよ」

と、自分でその席に座った。彼にはこの場所によって培われたあらゆる毒に対する抗体があるように見えた。泥に身を隠すドジョウは、汚い水でしか生きられない。

芸術家ってのは元来こんな感じなのか。それともこいつだけがやはり特別に不潔なのか。いや、それは世の芸術家とそのイメージに申し訳ない気がする。アートとは関係なく、水道代が勿体無いからと平気で大便を便器に溜めるようなやつは多分後者で間違いない。

「まだ予備校行ってんの」

「おん。昼はバイトしてっから、夜間だけど」

「夜間って高校生メインでしょ」

「ぶっちゃけそう。浪人生はめちゃくちゃ肩身狭いと思うよ。でもみんな俺のこと現役だと思ってっからそんなに距離感はないかな」

「今年は行けそう?」

「わかんない。去年自信あったけどボツだったから。まあでも、二次はぶっちゃけ運だよ」

「一次は通るんだ」

「楽勝だろ。ただ目の前の物写すだけ。浪人がデッサンで落ちたら首括《くく》ったほうがいいよ」

『首括る』が最近のトシの流行《トレンド》だ。さっきの空き箱然り、最近のトシと自殺の距離はやや近い気がする。目の前の木のボードには酒瓶にいけられた花のデッサンが挟まれている。その奥には積み重なったF30くらいのキャンバス。部屋には青いチューブばかりが散乱していた。

「お前がくれた花、もう枯れかけてんだよな。新しい花持ってきてよ」

「無理。もうバイト辞めたって言ったでしょ。そこらへんのたんぽぽでもむしってくれば」

「たんぽぽじゃつまんねえよ」

「石膏とか買えば」

「お前バカだろ。いくらすると思ってんだ」

「別にブルータスとかアリアドネとかじゃなくて、骸骨とか首像だったらそんなに高くないでしょ。あと、三浪のくせにバカとか言うなよ」

「言い過ぎ言い過ぎ。どうすんの俺がショック受けたら。俺は早朝にいきなり部屋に入ってくるような非常識なお前でも匿ってやってるのに……。てか、何でお前きたの？」

ようやく私の服に目を向けて気づくと、臭いと汚れから来訪の意味を汲み取ったようだ。

「あー、ずっとこの部屋にいたから気づかなかったけど、お前確かになんかゲロ臭いわ」

無視して服を脱ぎながら洗面所に向かう。

「別にシャワー貸すのはいいんだけど。ワンチャン水止まるぜ。金滞納してっから、ガス止まったし。あ、そうそう。ガスないから、シャワーは冷水ね」

洗面所に向かう私の背に向かって、トシが叫んだ。来なきゃよかったと思った。

結局水は最後まで止まらず、無事にシャワーを終えて洗面所から出ると、机の上にビールといちごミルクを並べてトシが待っていた。

「久しぶりにちょっと話そうぜ」

「どっちがビール？」

「俺がいちごミルク。省エネだろ。酒なんて体に悪いし、お前もこっちにした方がいいぜ」

いちごミルクにミンヤクを混ぜながらトシが言った。汚れた筆で水を混ぜてる時の筆洗の中の移ろいみたいに、ピンクのミルクに睡眠薬が溶けて紫苑色に染まっていく。

「やっぱ一人って寂しいでしょ」

「おん。特に夜」

「でしょ。だから私もちょうど金ないし、しばらく一緒にいてあげるよ」

「だと思った」

ビールを開けたと同時に、ほんのすぐ近くで叫ぶ声が聞こえて驚いた。窓の外を見ると、何人かが集まって輪を作りながら煙草やら酒やら、ODをしてるようだ。さっきまで私が寝てたあたりで。

「この部屋、やっぱすごく見えるね」

「な、目に毒だぜ。しかも夜中でもクソうるさいし」

「でも、昔より減ったよね。溜まってる奴ら」

「今は早朝だし、普通じゃね」

追加で溶かした薬を混ぜながら、

「シマさんがまたシャブ配ってるらしいよ」

と、青紫色に染まった唇で言った。悲しい気持ちの道化師みたいな顔。机に置かれたいちごミルクは本来の色とは対照的な菫色《すみれいろ》の口を開けている。この睡眠薬の人工的な紫色は、悪用されないための危険色の役割を放棄して、もはやODの象徴になってしまっている。

シマという名前を聞いた時、あのまるまると肉のついた顔と、キャップを被った金髪の坊主頭を思い出した。ニヤついた顔と、垂れ下がった目。背丈はそれほど高くないけど体格はがっしりしていて、ぱっと見は暴力団員風の男。実際自分で暴力団関係の人間だと吹聴してるらしい。黒ずんで欠けた金歯が脳裏にちらつく。

「キッズにシャブ売って金儲けてんの？」

「いや、それだけじゃないみたい」

彼はためらっていた。私に聞かせるのを、というより、その言葉を発するのを。

「シャブで釣ってさ、ハメどり撮らすんだって」

喉を鳴らして一口飲んだ。

「この前は犬とヤらせたんだってよ。信じらんないよな。みんな」

コップの縁についていた雫《しずく》が垂れた。甲高い声が早朝の街に独特な、不気味な色を帯びさせて、排気ガスで濁った空気ごと震わせる。底の泡が消えていき、ビールの表面が空気と混ざり合おうと粒を掻き分けてる。コップも汗をかいてる。それを見て、一気に蒸し暑くなったのを感じながら、ぼんやりとくねるように動く水滴をまだ眺めながら、揺れるビールを飲み干した。

さっきまでODをしてる連中だと思ってたけど、それにしては声が甲高い気がする。

もしかすると輪が囲んでるのは麻の葉っぱで、彼らが騒いでるのはラリってるからなのかもしれない。王が消えてから、明らかに売春と薬物の横行が頻繁になった。彼がここで睨みを利かせていたおかげで今まで抑えられていたものが少しずつ溢れている。ニュースにも頻繁に取り上げられるようになったし、救急車もよく来るようになった。警察の巡回も増えて、補導も強化されてる。

だんだんと世間がこの場所に目を向け始めてる。排除するべき問題に気づき始めてる。元々こういう場所は外部の人間に注目されちゃいけない場所だ。いずれこの場所が消えるのも時間の問題だった。少しずつ、だけど着実に失われつつある。トー横の消費期限は王の死によって急速に早まった。シャブや暴力が蔓延した今のこの場所は、もう過去の『界隈』ではなくなっている。でも、多分こういう場所はきっといつの時代もどこかにあって、また直《じき》に誰かが新しい逃げ場所を見つけ出す。私がいない、新しい場所を。

溜まっていたゴミと吐瀉物と薬品を除くと、ヒビの入ったコンクリートの乾いた地面に、場違いな温もりがある。漠然と、ただ懐かしんでる。懐古なんて不似合いな場所で生きてるのに。私は、この場所の過去にしがみついてる。私を覆うこの薄い繭《まゆ》に、私はまだ囚われていたかった。

　机の上に空き缶とカプセルの入っていたゴミが溜まっていく。会話のペースはだんだんとスローになっていって、トシはそのまま床で寝息を立て始めた。重なった空き缶が分身していく。頭がフラフラと揺れて、だんだんと引き摺り込まれるように私も眠くなってきた。


「寝てたらできた」

彼女は気怠げに返事をした。まあ、確かにそうだけど、それじゃ済まないだろとも思った。まあ、所詮他人ごとだし別にいっかと彼女のお腹を横目に見ながら先程きた携帯の通知を確認する。

トシ：〈まじ？〉

すぐに返信が来てた。今暇なんだな。

〈七瀬妊娠したんだってよ〉

〈まじ？〉
〈ガチっぽい〉
〈あいついくつだっけ〉
〈十七って言ってた〉
〈やっば。十七で子供産めんの？〉
〈生理来てたらいけんじゃない？〉
〈えー、まじ？　てか相手は？〉
〈さあ。『赤ちゃんどうしたの？』って聞いたけど『寝てたらできた』としか〉
〈やばくね〉
〈やばいよ〉
〈どうすんの〉
〈私？　私はどうもしないよ。七瀬の勝手でしょ〉
〈いや、そうだけど……確かに、俺ら何もできないじゃん〉
〈する気もないでしょ。関係ないし〉

携帯をしまって彼女のお腹を見つめていると、視線に気づいたみたいに、

「私のベビ、誰推しになるんだろう。あ、もちろん、メル君以外で」

そう呟く彼女が携帯をいじる度に、こちらにピース姿を見せつけてくる青髪の地下アイドルは、歌舞伎町だったらわりとそこらへんに転がってそうな顔だった。長い前髪で片目が隠れた、涙袋をやたらと強調する化粧は外の世界では『地雷系』と呼ばれていて、この場所に住む生物に共通しているありふれた特徴の一つ。それに、透明なスマホケースの裏に挟んであるメル君のトレカはどこか安っぽい。紙はペラペラだし、ライブ配信の笑ってる画像を適当に切り取ったみたいなどこかぼやけた印象だった。フリマアプリで安く手に入ったってはしゃいでたから、多分公式のじゃないんだろうな。少しプリントの剝げたカードの中の彼はどことなく気味の悪い笑みを浮かべている気がした。

七瀬は少し前からこのメル君というアイドルを推し始めた。小さな箱でライブをしているところをたまたま見たら、一目惚れ。それから何回かライブも行って、チェキなんかも撮って、本人にもしっかり認知されてる。最近はＤＭも返してくれるように

なったし、メル君のことは同担拒否！　と心酔したような顔をしていた。まさかとは思ったけど、パパの正体がなんとなくわかった気がした。

　携帯がまた振動した。トシかなと思ってロック画面だけで確認すると、メル君とツーショットを撮ってる七瀬のアイコンが「まじで最近金欠なんだが、来月生きれるか（私に貢いでくれるおじチデッ）」と呟いている。その下にはＱＲコードが貼ってあって、それをアプリで読み取って金額を指定すると送金できる仕組みになってる。

　おじさん。

「最近は仕事休んでんの？」

「いや、続けてるよ。なんで？」

「そっちの仕事は辞めないのかなって」

　まだきょとんとした顔をしてる。そもそも妊娠ってことをちゃんと知ってるのか。今更になって、まだ七瀬は人の誕生についてそこまで深い知識がない可能性があることに気づいた。でも、高校生になったら、保健の授業で習うはず。教室で男子がニヤニヤしてる中、女子だけが別教室に呼ばれて受ける性教育があったはずだ。

「七瀬妊娠してんじゃん」

「あー。いや、妊婦だとパパからのお金増えるんだよね。あんまり妊娠してる子いないじゃん、パパ活で」

「いや、しんどくないのってこと」

「そういうこと？　いや別に、まだ大丈夫だよ」

あ、そう。妊娠四ヶ月の七瀬のお腹は、少しぽっくりと膨れ上がっている。七瀬はもともと痩せてるから、不自然な膨らみはやや窮屈そうに見えた。この中にそのベビとやらがいるのか。七瀬の中に命が宿っていて、今目の前に二つの命が重なっている。その現実は少しまだぼんやりとした感覚があった。妊娠四ヶ月って、目や口とかはできてるのだろうか。気になって携帯で調べてみると、お腹の中でやはり窮屈そうにしてる赤ちゃんのエコー画像があった。ボコボコした粘土の塊みたいな不完全な形で、どこが顔なのかもわかりづらい。目や耳は、まだなさそうだ。けれど、その曖昧な形に私は少し見覚えがあった。

私は一度病院で生まれたばかりの赤ん坊を見たことがある。妹だ。私は病院で初めて妹を見た時、はっきりと幻滅したのも覚えている。

目の前の透明なカプセルに入った湿った猿みたいな生き物は、とても人だと思えないくらい醜くて、それを見て皆一様に微笑んでる光景に子供ながらに違和感を覚えていた。妹ができたと言われた時の、ここに連れてこられるまでの期待や喜びは消え失せて、すぐに妹のことがどうでも良くなった。小学二年生の私にとって妹は新しく買ってもらったおもちゃと相違ないように思えた。少しＣＭと違ってる、可愛くない人形のおもちゃ。

嬉しそうに母が、妹だよ、とガラスをつついた。私はどんな顔をしていたんだろうか。ほら可愛いでしょという同調圧力に従って、微笑んでいた気がする。でもきっと横目で妹を見ていた瞳、その裏にはやはり目の前の生き物に対する確かな猜疑心《さいぎしん》が潜んでいたと思う。これが本当に私の妹？

七瀬の腹の中にあの毛のない猿みたいな生物がいて、ヒレを張った両手で羊水の中を泳いでいると思うと不思議だった。心臓はもう動いているのだろうか。さっきのエコー画像に映ってた弱々しい命の微かな鼓動が羊水に波を立てて、その中で瞼を閉じてひっそりと寝ている胎児を想像してみたけど、やっぱり依然として可愛いとは思えなかった。

トシはまだ寝ていた。カーテンの外は暗くなっていた。窓の外のそこは昔よりも幾分か綺麗になってる。時計の短針は右上を指している。そのまま寝ようと上着を脱ぐと、右のポケットが僅かに膨らんでいるのに気づいた。上から触ってみるとゴツゴツした感触があって、ポケットから出すと見慣れないカプセルが入っていた。銀のシートに四つのカプセル。カプセルは妙に私を引き寄せた。自分が遠い海の延長線上にいて、その潮流に重なるように本能が撓《たわ》んでいく気がする。カプセルをつまむ指の、可視化された細胞が強張っている。異様な高揚感を覚えると同時に、この薬はきっとトシが入れたものだろうと合点した。新しい薬で試してみたから、お前にもやるよ、と渡してきそうだ。なんの薬かわからないけど、ＯＤ用の薬なんだろうな。でも、これじゃあさすがに足らないだろうなと思ってあっちこっちをひっくり返してみたけど、どんなに探してもカプセルはポケットにあった四つしかなかった。まあ折角だし、と一個だけ開けてみた。赤と白の滑らかなカプセル。水はないからテーブルの上の酒で飲み込んだ。

首筋をじりじりと焼く日差しは影の底を深くして、溜まった影が空気を二分する。ひんやりとした薄暗い方にはまだ活動時間でないごく少数の人間が屯《たむろ》してるだけであって、その中ではあの夜の毳毳《けばけば》しさは息を潜めている。そこで、七瀬は一人立っていた。まるで地縛霊のように、静かに立っていた。じっと、ただ私を見ていた。まるで待っていたみたいに。久しぶりにその顔を見た気がした。

覚悟のようなものをその瞳に感じた途端、悪寒が皮膚に波及し、全身の毛が逆立つ気がした。嫌な予感だった。逃げようと思ったが、細胞まで硬直したみたいに、足の裏は地面にピタリとくっついて離れない。七瀬はなおも私をじっと見てる。

汗がとめどなく流れて、時間は停滞しひんやりとした感覚が私の周りを流れてる。日差しの中の場違いな寒気、寒気で生じた鳥肌は、何かを知っていた。

七瀬は乾いた唇をひと舐めして、一息で言った。

「赤ちゃんね、」

死んじゃった、と多分彼女は言ったんだろうけど、その声は空気を劈《つんざ》く悲鳴みたいな笑い声に攫《さら》われてしまった。仰向けに万歳した女が「トー横さいこー」と叫んで隣の男を押し倒してる。お前力加減しろよってキャップ帽がちょっと痛そうに背中をさすってる。

蟬の声も勢いを増し、バイクのマフラーがすぐ近くでいびきみたいな呼吸をする。水たまりに一円玉が沈んでる。彼女が言葉を発した瞬間、彼女以外の全てが存在感を増した。辺りは一体となってその声を隠蔽するような馬鹿騒ぎ、意地悪な音の渦。寒気が引いていくのと同時に、このまま無視しようと決めた。聞こえてないふりをして先に進もうとチラッと彼女を見た時、彼女が泣いてるのに気づいた。

誰にもわからないくらい小さな声で俯きながら泣いていた。あ、大声じゃないんだ。他人の目も気にせず大泣きするタイプだと思っていたから、少し意外だった。しくしくとも違った。ただ溢れるのを堰《せ》き止められずに、咽せるように泣くだけだった。私は他人を慰めることが得意じゃなかったが、そのままにしておくわけにはいかないし、仕方ないからその脇にある新宿コパボウルという広告の下の柱の裏に彼女を連れてった。その間もずっと彼女はしゃくりあげ続けていた。やっぱり謙虚に泣くな、と思った。蟬が近くでうるさかった。

「私さ、もうすぐさ、会えると思ってたの。でもさ」

何度もつっかえながら、頑張って言葉を出してるみたいだった。

「ねえ、赤ちゃん、欲しかったよ」

号哭《ごうこく》。わーん、と初めて声をあげた。誰か見てないかチラッと横を見たけど、一応誰も近くにはいなかった。ほっとした。今見られたら、絵面的に多分私が泣かせたと思われる。

私を見る彼女の泣き顔は情けなかった。声の割に涙はたくさん出たから、化粧はボロボロに落ちて、よく見たら髪もぐちゃぐちゃだった。泣くと幼いな、と思った。いつもよりも肌も真っ赤になってて、普段は化粧で隠れていた童顔が見え隠れする。

「とりあえずさ、場所変えて話そ」

途端、近くの鳴き声が急降下した。どこかで落ちた蟬は駄々をこねるように最後にもがきながら、それでも最後の一声をビビッと発するとそれっきりだった。虚しい空気に蝉が消えた喧騒が、透明な何かに隔てられてるみたいにくぐもって聞こえた。

つま先を見ながらぼんやりと突っ立っていた。

立っていたアスファルトがボロいアパートの粗末な床に変わっている。ハッと気づいて周りを見ても、記憶とは違うトシの部屋。いや、ここが正しい場所だ。斜め上の時計を見ると、五分も経っていなかった。でも、確かに今、二年ぐらい前のト一横にいた。夢で思い出してたんじゃない。一旦巻き戻したテープをそのまま再生してるみたいに、ただあの時の記憶が反芻された。頭と体は確かに二時間ぶんの時差に戸惑っている。

その時脇腹に何かが這うような感覚があるのに気づいた。じっとしていれば気づかないほど軽い感覚に、体がすでに慣れていた。けれど、産毛がモゾモゾと撫でる感覚は違和感として、鳥肌の震源から発される電流はつむじのあたりまで走った。急いで服を上げて確かめると、大きな蛾が脇腹に張り付いていた。真っ白い蛾が一匹、触角を震わせながら静かに佇んでいる。高級なマフラーみたいな産毛で私を撫でながら。口は開けたけど、声が出なかった。無音の叫びを上げた。

動けば彼女が飛ぶ可能性がある。そうするともう収拾がつかなくなるだろう。そう思って悪寒に耐え、不本意ながら静かに彼女を見つめていると、案外上品な顔をしてるのに気づいた。蛾と言っても蚕のような見た目で、特に目がチャーミング。ただ、六本足の感覚は無理矢理にでも可愛いとは思いこめない。なんで虫ってたくさん足があるんだろう。やっぱキモい。

意を決して張り付いていた蛾をそっと上から摑んで、ベランダの外に投げた。潰れてしまいそうなほど、蛾の体は柔らかかった。蛾は抵抗せず、静かに暗闇に消えた。華麗に飛び去ったようにも、そのまま地面に墜落したようにも見えた。

蛾が消えると、それまでなかった別の感覚が残ってるのに気づいた。さっきまで蛾が張り付いてた部分に、殴られたみたいな痛みがある。見返すと、緑色の痣《あざ》が脇腹にくっきりと残っていた。蛾のせいじゃない気がした。不気味な色と痛みを残すそれを、蛾は隠していたように感じた。

視界の右側にふと何か感じた。視覚でも聴覚でもない、五感の外から感じた気配。シャワーしてる時に背後に感じる気配。アレに似てる。気配の方を向くと、窓に『彼女』が映っていた。見たことがあるのに、初対面みたいな違和感。叫びたいほど恐ろしいのに、同時にやっと出会えたような、ズレた感じ。『彼女』は夢の中みたいに、溶けた体で私を凝視する。

頭だけは冷静に稼働していた。起こってる不自然を咀嚼し、分析している。ここは夢じゃなく現実で、『彼女』は多分幻覚だ。幻覚だとしたら、ビールか、今右手にある三つのカプセル。どっちでもありえるけど、やっぱりこの薬が原因だと思った。そして、この薬が多分トシのでないのもわかった。だとしたら誰のだろう。直近の不自然を検索にかけると、心当たりが一つあった。昨日の夜誰かに引きずられたのを思い出した。もし薬を入れられたとしたら、あの時以外考えられない。改めて薬をよく見ると、不自然な部分はたくさんある。入ってた銀のシートにも、カプセルにも一切の文字が書かれていない。

しかし、針のように細い黒い線で、ステンドグラスのような模様が側面に一つだけ描かれてた。ついさっきの出来事があからさまにヒントになる。

「蝶……。いや、蛾？」

結局寝れずに、トシがいびきをかいてる横で部屋の片付けをしていた。片付けといっても、ただ散乱してる服を集めて洗濯機に放り込んだり、棚のAVを端に寄せて漫画や本を入れたり、窓を拭くだけだ。掃除機がないし、床は手に負えないから諦めた。

さっき『彼女』が映っていた辺りの窓を拭いてる時、ビルの景色に重なるように自分の顔が映った。歯を剝き出して、にーっと笑ってみる。やっぱりガタガタの歯並びを見て、ため息を吐いた。治ってない。整列を乱す場違いに大きな二本の前歯は一向に下がる気配がしない。何回殴っても根本とその両隣の歯が痛むだけで、彼ら二人はほぼ全く動かない。顔を右向きに、目玉をできるだけ左向きにしてヒラメみたいに自分の横顔を見る。カワハギ。魚みたいにボコってなった口元。顔全体は別に悪くないのに、このうざい前歯と横顔が私を残念にしてる。フェラやりすぎると、口がボコってなるらしい。ならフェラやめようかな。でもお金は無いと、じゃあ本番しよっかなって考えて、さすがに歯並びだけで本番解禁は早まりすぎてる、と思った。

歯並びは生まれつきだった。いや、正しくは生まれた瞬間はこうじゃなかった。そりゃ赤ちゃんは歯無いから当たり前だろってなるかもしれないけど、この歯並びの原因は本当にまだ幼いころの転倒らしいから、生まれつきというのは一概に間違っているとも言えない気がする。

母が私を寝かしつけてベビーカーに座らせる時、彼女はうっかり私の身体をベビーカーに押し付けるベルトを締め忘れてしまった。悲鳴が響いて離れていた彼女が慌てて駆けつけると、口を血まみれにしながら私が泣いていたらしい。泣いていた私の横に、貝殻みたいな小さな歯が散乱してた。その時折れた歯は上と下合わせて三本、そのうち二本が前歯だった。今は覚えてないけど、まああの数いってるから大事故だとは思う。話を聞くたびに記憶にすら無いはずの痛みが、歯の内側で疼く。幸い歯は全部生え揃ったけど、おかげさまで歯並びは自由奔放。フライングした前歯をどうにもできずに、透明な歯そっくりのマウスピースをはめて少しずつ矯正してる。

窓にはもう誰も映ってない。蛾を投げたあとすぐに見たけど、ただ以前より少し整然としたトー横が映ってるだけだった。でも、ずっとあの異様な、見られてる感覚が残ってる。『彼女』がまだどこかで私を見てる気がする。視線だけじゃなく、薬を飲んでから異様に寒気がするというか、空気がビリビリと緊張を孕んでる気もする。床に落ちてるペットボトルがベコってなって、すぐに首をそっちに曲げた。急に思い切り曲げたから、反動で来た痛みに呻いた。馬鹿らしい。まるでネズミだ。ネズミ、ネズミ?

感覚は鋭く研ぎ澄まされているのに、頭だけは怠けているというか、靄《もや》がかかってるみたいに思考が途切れ途切れになってる。視界の端で、床に落ちてるトシの腕がピクッと動いた。それからテーブルの脚に頭をぶつけながら、半身だけ起き上がった。

「今、何時?」

トシじゃなくてヘビだった。Stussy のパーカーの上にヘビの顔がくっついてる。ヘビが私を睨んでる。トシの声を持つそのヘビは、チロチロと舌を出しながら、シュルシュルと音を立てていて、私を狩るつもりに見えた。私は何もできず立ち竦んだままで、ケージの中のネズミみたいに、硬直した身体を動かせず、その身が蜷局《とぐろ》に巻かれるのをただ待っている。靄がまだ晴れていない。

「ヒヒル？」

ヘビが私を呼んでる。なぜかヘビが私を知ってる。途端、ヘビの顔が急に遠退いた。

「おい。お前、」

と、トシが言ったのが聞こえた。そのまま消えた。


つまらない。

句読点の無い彼らの会話は聞いていて退屈だし、いちいち長いし、大概は自分の身の上にあった不幸自慢だし、何より同情や怒りとか、私に共感を求めているのが透けて見えるようで、しらける。

「ほんとに死にたいー」

じゃあ死ね、とは意外にも誰も言わない。みんな辛かったよね、とか、大丈夫だよとか言って慰めてる。所詮は傷の舐め合いだ。この会話を見てれば、なんでこうしてわざわざ集まってＯＤするのか、なんで手を繋いだまま飛び降りるのかがわかる。

見てもらいたいのだ。自分が壊れてくところを。その過程に同情して欲しいんだ。ただそれだけだ。共感で繋がった神経の中でしか、他者と繋がれない気がする。だから、共感が欲しくて、いいねとリツイートに執着する。

そう思ってる時、馴染みのある感覚、目の前にある輪をまた遠くから眺めている感覚が私を覆う。ここにも私は馴染めそうにない。学校からはみ出た人間たちの中でも、私はやはり一人だった。うすら笑いを浮かべてる中で、孤独感が鐘を鳴らした後の余韻のように広がった。でも、ここは互いの距離も遠い。私だけが離れていても、不自然じゃない。教室の中とは違う。共感はわざわざ目の前の人間に求めなくても、匿名の他者からの供給でまかなえる。

そんな風に観察してると、輪の反対側にいる同じような目をした女と、目が合った。どこか寂しそうな、周りを見下した目線。

普段は目が合えば私から逸らす。私の瞳に透けてる、内側にいる鈍色《にびいろ》の嫌な人間を見られる気がするから。でも、彼女と目が合った時、なぜかじっとその目を見ていた。その目線に気づいた時、目を離すタイミングを見失った。彼女もずっと見てる。視線が絡みあって、妙な感覚を覚える。話し声がだんだんと離れて、背景がどんどん見えなくなる。二人だけがこの場にいる気がした。私はレズビアンではないけど、遠くにいながら長いことキスしてるみたいに感じた。

「ねえ。君、いくつ？」

彼女はいつのまにか輪の裏から回り込んで、私の隣に腰を下ろしていた。

「あんたは」

「十七」

同い年だ。一瞬言おうかためらったけど、さっきの遠距離接吻が彼女に対する警戒を和らげていた。

「十七。同い年」

「やっぱそうだよね！　だと思った！」

彼女ははしゃいでいた。聞くと同い年はほとんどこの場所にいないからだと言った。

「ここ意外と高校生少ないっていうか。もっと若い人か、大学生くらいの人が多い気がする。別に寂しくはないいんだけど、同い年いたの嬉しくて。私、七瀬みなつ。ツイッターやってるから交換しよ」

ずいぶん本名っぽい名前だった。あみちとか、みんな綽名みたいなツイッターのアカウント名で呼び合うのに。ほぼ匿名のこの場所で名前を晒すのは、

「ちな、本名」

クレイジーだな、と思った。同時に、面白い子だなとも思った。もうすでに、彼女に対して好意を抱いていた。それから、彼女とは徐々に話すようになった。友達というにはやはり距離があったけど、むしろその距離が私にとってはちょうどよかった。嫌だなと思ったら離れればいいし、悲しそうにしてても励ます義務がない。実際にそういう対応をする場面は少なかったけど。

彼女といる時には、息苦しさがなかった。この関係は彼女が妊娠しても、そういうふうに続いた。彼女は酒も煙草も、もちろんODもひかえるようになったから、私もやめた。別に彼女のためとかではなく、ただなんとなく彼女の横でやるのは居心地が悪かったし、それにその場に馴染むためにやってただけで、元々そこまで好きでもなかったから。七瀬はいつも金が必要だとぼやいてた。半分口癖になってた。なんでか

はよくわからなかったけど、金が必要だと。その時は勝手にメル君だと思ってた。メン地下はホストぐらい金がかかることもある。

次第にパパ活をするようにもなった。王が死んでから、仲介役としてバジルがよく来るようになったのもそのくらいだった。今思えば、全部が徐々に崩れるようにつながっていた。

「欲しい花があるんだけど、ヒヒルのバイト先で売ってない？」

花に興味を示すのは珍しいと思った。煙草や酒は控えてるから、普段はメル君かそれ以外の他愛のない話しかしていない。

「何が欲しいの？」

「オオゼリ」

反射的に彼女の顔を見た。真剣そうな顔をしてたから、ゾッとした。さすがに、たまたま画像で見た綺麗な花ってだけだよなと思った。

「トリカブトでもいいよ」

まだ冗談だと思った。それに、陳腐な花だから、驚かすためにわざと言ってるようにも考えられる。

「あー、綺麗だもんね。オオゼリ」

「そう。だから欲しいの。どっかにないかな」

「オオゼリは……あんまり売ってないだろうね。どうしてもオオゼリじゃなきゃダメなの？」

「トリカブトでもいいよ」

「その二つ以外で」

「じゃあ、ない」

戸惑いを含んだ沈黙が流れること、数秒間。

「一応聞くけど、なんか嫌なことあった？」

「ううん。別に」

暫くお互い携帯をいじってるふりをしてた。でも、明らかに不自然な隙間が空いてる。その隙間を埋めるように、

「誰か嫌な奴いんの？」

と恐る恐る尋ねた。

「違う」

自殺用。

たまに死にたくなる。自分が何やってんのかわからなくなる。赤ちゃんもどうでもいい。こんな私だし、どうせ赤ちゃんもすぐに死んじゃう。

いきなり声の調子が変わったから驚いた。聞き覚えのある声。三日前、王の死からちょうど二ヶ月経った日に飛び降り自殺した子の声。手を繋いでホテルから飛んだ、あの子の。

あのあたりから、この場所の死の匂いが強くなった。いいよねって口々に囁き合ってた。なんだかみんな、心中に憧れていた。

「全部無かったことにしたい。死んだ後も何にも残らずに、みんなから忘れられて、誰からも知られずに死にたい」

早く死にたい。と呟いた。私はまだ死にたくないなと思った。まだ死んだあとが怖い。何で心中なんてするんだろう。自分の死が薄まっちゃうのに。

距離が近かったから、少し離れた。

彼女が私を見た。いや、睨んでた。


漏れた嘆息が漂う埃を掃いた。煙が吐息をかわすように曲がる。床にぼやっと映る影の右手にも、煙草が摘まれていた。影も精巧に私の真似をして燻《くゆ》らせる。たった一本三十円で二人が満足できるんだから、やっぱり喫煙はお得だ。

「お前昨日飲みすぎたんだよ」

知恵袋で調べたのを鵜呑みにして、さっき買ってきたカップのしじみの味噌汁をせっせと作ってる。酒じゃないんだから効くわけないとは思ってるけど、酒じゃない理由を説明するのが面倒くさかった。

「あとさ、バイト。身体に良くないし、今日くらい休めよ」

「だから別にどうでもいいって。身体は普通だよ。いきなり立ったからちょっと立ちくらみしただけ」

「いや、絶対違う。お前あの時変な顔してたもん」

「もういいよ。倒れたら倒れたでいいでしょ」

「いや、今日はだめ。お前最近身体の調子悪いじゃん。なんか、変だよ。一昨日《おととい》朝帰りだったのも、路上で寝てたからだろ」

反射的にトシの顔を見た。

「見てたよ。別に」

「何も言ってこなかったじゃん」

「恥ずいだろうなって思って」

「は?」

少しムカついたのが声に籠《こも》ってた。トシは怒んなよと言いながら、私の前に味噌汁を突き出す。

「すぐに回収しに行こうと思ったけど、お前寝ながら輪に入ってたじゃん」

めっちゃおもろかった、あれ。やっぱ引き寄せられてくんかな、お前。

「女」

「は?」

「私のこと引っ張ってった女いたでしょ。誰か知ってる？」

「そこまでは見てない。見た時はもう輪に入ってたよお前」

あっそと言って、味噌汁を受け取らずそのまま返す。

「せっかく作ったのに」

そのまま上着に袖を通しながら、玄関に向かった。

「シャワー浴びなくていいの？」

どうせ冷水だろ、と心の中で呟いた。

「いい。どうせ向こうで浴びてくるし」

「あとさ」

「なに？」

自分でも不思議なくらい冷たくて鋭い声だった。引き止めようとしてるトシに、なぜか少し苛立ってた。

「あそこ行くんならさ。気をつけたほうがいいよ。もうそろそろ大掃除が始まるんだって」

「ボランティア団体とかの？」

「違う。警察の一斉補導」

返事はせず、そのままドアを開けた。外はまだ昼だった。遠くにある月が白く霞んでる。明度の高い霧みたいな景色の前に、十二色セットの絵の具を適当に混ぜたみたいな、黒くくすんだ印象のある渥彩《あくさい》の電光板がビルの陰で波打ってる。白い月は天に穿《うが》たれた穴のように、その景色全てがそこに吸い込まれて消えてしまうような不安定さを感じさせる。地軸が突然傾いて、その穴に真っ逆さまに全部落ちていくみたいな。

急いで外に出たはいいけど、別にまだすることもない。基本的にバイトは夜にやる。というか、昼間にやると警察に捕まる危険性が高い。部屋にいるとトシが気遣ってるフリをしてくるから、逃げただけだ。何もすることないなと考えながら、水が低いところに流れていくようにその場所に向かっていた。自然とこの身体は方位磁針のように必ずその場所を示す。生まれた川に戻ってくる鮭みたいだと思った。トシはもうすぐ清掃が始まると言ってた。そうしたら、あの場所は完全に消え失せる。だから、その前に『王』の墓に立ち寄ってみようと思った。面識もないし、これといった感傷もないけど、どうせ全部なくなってしまうなら、最後にその痕跡だけでも見てみようと思った。

やはり清掃は既に少し始まっていた。数日前まで汚れていたはずのここは、見違えるほど綺麗になっていた。

トー横は「ＴＯＨＯシネマズ横」の略称じゃない。

この場所にあった、掃き溜めの名前だった。

やっぱり、トー横は殆ど死んでいた。

警察の取り締まり強化によって悉《ことごと》く清掃された中で唯一の汚れた一角に、一脚のパイプ椅子が佇んでいる。この場所だけが彼らによる排除を免れたように見えた。花の代わりに空き瓶がいくつか置かれ、線香の代わりに煙草が差してある。少し煙草の匂いが漂っていて、ついさっきまで誰かがいたようだった。

――次は地獄でカンパイ!!

黒字で酒瓶の一つに書かれた文言は、いかにも乱暴で、モラルがなくて、この場所らしいなと思ったけど同時にらしくないとも思った。センスの欠けたこの場所に、珍しくそれはお洒落なセリフだと思った。品は無いが。

ゴミのような物も置かれた『王』の墓には大勢の人の痕跡があって、それは誰かの追悼か、はたまたそれともただの冷やかしか。唯一あった献花は、焦げたあとみたいに茶色くくすんだ白い薔薇。

花屋でバイトしてた時、やっぱりいちばん売れる花は薔薇だった。薔薇はその色や本数によっても、美しい花言葉を持っている特別な花だから、贈り物にちょうどいいのだ。恋人にも、友人にも、親にも。死人以外の全ての人へ、贈り物にできる花だ。

花を見た時、知っている花だったらすぐに花言葉が浮かぶ。バイト始めたばっかりの時は、この花たち一輪一輪がそれぞれ別々の意味を持つなんて、なんてお洒落なんだろう（心酔）って感じだったけど、嫌なことがあるうちに今までキラキラして見えてたものが、段々とくすんでいった。先輩のゆかさんが欠勤多くて、それで私が代わりに入ることがよくあった。花屋なんてメルヘンな職業だって勘違いしてたけど、結構非常識なやつが多い。配達の途中でスーパーに買い物に行って、配達遅れる人もいるし。非常識なのは私もだからいいんだけど、なぜかそういう人たちって自分のゆるさを他人には許容してくれないっていうか、結構私怒られたな。

「いいよいいよ大丈夫。別に怒ってないし、そんなに無理して言い訳しなくてもいいよ。ただ、今度からは気をつけようねー、ってだけなの」

いつも怒られながら、多分吸収してるんだろうなって考えてた。自分が言われてむかついた言葉を吸収して、アレンジ加えて熟成させてんだから、そりゃむかつくわけだ。この嫌味も三十年ものとかなんだろうな。多分私も吸収してんだろうな。言い訳って素敵な言葉だなって。親になったら私も使うんだろうな、きっと。

新人の子が入ってくると、おばさんの態度が急に変わった。その子の悪口を私に言うようになって、適当にそれに合わせてたら今まで教える気もなさそうだった花束の作り方とか、アレンジの包み方を教えてくれるようになった。

「あの子ね、ぽけーっとしてるって言うか、向上心がないって言うか。なんかあれだよね、積極性がないって言うの？　全然自分から手伝おうって意思を見せないの。ずっと指示待ちよ、指示待ち。それに比べたら……あなたは偉いわよね。大学のために浪人してんだもの。自分の志のために頑張ってるなんてすごいわよ。ほんと。なんか言うじゃない。『少年よ、大きな夢を持て』的な。あれよ、あれ」

すぐ後に新人の子が来なくなった。辞めちゃったらしい。新人の子が辞めて数日経った帰り際、ゆかさんが話してる声がするりと耳に入った。

「浪人生の子いるじゃん。誰だっけ、あ、そうそう、名取《なとり》さん。あの子、ほんと男に媚びんの上手よね。この前来た若い男の客いたでしょ、あれにも媚びってた。なんか笑顔も気持ち悪いわよね。ね！　わかる？　あんな口開けてさ、歯並び悪いって自覚あんのかな？」

風が少し吹いて、蜘蛛の巣に引っかかってた枯れ葉が、くるりと一回転した。頼りない一本の糸が、引き離さないでいるようにも見えた。

しょうもな。

そのままエプロンを解《ほど》いて、鉢植えに投げ捨てた。陰口がしょうもないっていうか、繰り返しにうんざりした。トシなら笑いそうだな。花屋で人間関係がぎくしゃくなんて、不似合いすぎてなんかおもろって。

花言葉なんて大概被ってるし、人間が意味付けしてるものにすぎないなんて、バイトやる前から多分知ってた。道端に咲いてる花が「私は希望と愛です！」って言ってくるなんて、まさか思ってもいなかっただろうし。まあ、でもこう考えるのも今の私が萎《しお》れてるからだろう。

まだ汚されていない薔薇を見ながら、自然に覚えた花言葉をもう一度反芻していく。

一本の薔薇は「運命の人」

白い薔薇は「約束を守る」

枯れた白い薔薇は「生涯を誓う」

私は彼がどんな人なのか知らない。もうわかり得ない。錯綜する情報の中で断片的な彼をつなげても、彼が与えた印象は他者に反芻されるうちに次第にくすんだり捻じ曲がったりして、継ぎ接ぎだらけのそれは元の彼じゃない誰かの面影の成れの果て。

唯一この墓にあるのは王が死んだということと彼に薔薇を贈る人がいたという変わりようのない痕跡だけであり、この場所ではその事実のみが重要で、それだけが確かに手向けられている。雲の上にでも地の底にでもなくて、その花はここにいけられている。

墓参りから帰る途中で、路地裏の壁に足が生えてるのに気づいた。近づいてみると、幻覚じゃなさそうだった。大量の見慣れた空き箱を円状に固めてる様相は、まるで巣作りのようで、その巣の中心で少女が仰向けになって寝てる。中学生ぐらいに見えた。咄嗟にペンギンだ、と思った。図鑑でペンギンが地べたに巣を作っているのを見たことがある。その写真に似ていた。でもペンギンと違って少女は欠片《かけら》も可愛くない、ひどく馬鹿らしい姿だった。

瞳孔が完全に開いた瞳は顔の中心に寄っていて、手足が小刻みに震えている。唇は横に開き切っていて、中途半端に閉じた口から唾液が垂れていた。びくんと踊っているみたいにたまに大袈裟にぶるぶると震えて、その度に柔らかい二の腕や太ももの脂肪が液体みたいに波打つ。今にも死にそうなほど痙攣を繰り返してるのに、顔はどことなく笑っているように見えた。悪戯好きな神様がつけるパーツを一つずつ取り替えたみたいな、ガンダムのフィギュアにプリキュアの頭みたいな、それぞれのパーツがチグハグな表情をしていた。ちょっと可笑しな表現だけど、実際頭がダメになると人間は神秘的なほど可笑しくなる。

ズボンを見ると黄色く、というか、服の地に染みて少し茶色くなっていた。案の定失禁しているらしかった。幻覚よりもよっぽど珍しそうな状況なのに、ちゃんと現実だとわかる。この場所の常識が私は好きだ。一人だけで倒れていて、この症状だから、多分経験がない子が試しにやってみたんだろう。一つ空き箱を拾ってみると、表面にはベッドの上で寝てるうさぎ。近くを見回すと、少し離れたところに飲みかけのペットボトル。

意識もない無防備すぎる少女。何をシてもバレないのは格好の獲物だろう。実際どういうふうにも使えるわけだし。このまま放置して何か事件に巻き込まれても自業自得だと思ったが、放っておくのも何か気にかかるというか、ここまで酷くはなかった過去の自分が映って、何か巡ってくるかもと人目につかないところまで引っ張ってやった。これで一件落着と思ったけど、逆に考えてみれば人目につかないところにこれがあるのをオトコに発見されたらもっとやばいことになる気がした。でも、救急車を呼ぶとあとあと私が面倒になる。そこまではしたくなかった。仕方がないから三十分ぐらい近くを探して、やっとのことで人が入れるくらいのダンボールを探してきた。ドンキの店員に余ってるダンボールはないかと尋ねた時、「何に使うの？」と質問に質問で返してきて、「人が入れるくらいのやつが必要なんだ」と応えると不審がったので、自分で使う用と応えると向こうは私がホームレスなのだと合点して快く恵んでくれた。本当にしんどくなったら警察に助け求めるんだよ、と言われた時は少し癪《しゃく》だと思ったが、まあ善意で言ってくれてるわけだし、実際今意識があるやつは全員善意で他人のために動いているのだから別に悪くないなと思って、私もそこは快く受け取った。

ダンボールにオンナを詰める時、死体を棺桶に納めるみたいで、助けてあげてるはずなのになんだか犯罪をしてるみたいな、やましいことをしてるみたいな感じがあった。もしも完全に蓋を閉じたら、目覚めた時ヤクザに攫われたと思ってパニックを起こして死んでしまうかもしれないから、一応頭の部分だけは外に出しておいたけど、遠くから見るとむしろ珍妙だった。引っ張っている時も、ダンボールに詰めてる時もやっぱり生きている人ってよりも玩具か死体に近い気がした。詰めながらずっともし私が男だったらコレをどう使うかって妄想をしていたから、思考もややそっちよりになってた気がする。

いつの間にかまた近づいていて、ズボンを脱がしていた。カエルみたいに広げている足と尿に塗《まみ》れた排泄部を見て、携帯を取り出した。下半身だけじゃわからないか、と思ってやっぱり顔と一緒に撮ろうと思ったんだけど、でもなんだか物足りないからされるがままの両手でピースの形をつくって撮り直した。人形みたいだった。写真を撮っている間なんだか心臓が速く脈打っていて、息も荒かった。興奮してんだ、このばかみたいな状況に。やばいやつは私だと思った。同時に私で良かったと思った。お前もこれくらいで済んだんだから反省しろよ。

オンナを動かしてる時、ポケットに携帯が入ってるのに気づいた。そのまま操られるように携帯を取り出して、カメラを開くとそれでこの醜態を何枚か撮った。短い動画も撮った。少し声を低めにして、「気をつけろよー」とだけ言って瞼を弄《もてあそ》んだりした。下半身が熱くなってきた。これ以上は本当にいけないと思って、服を着せた後また頭だけ出したあの間抜けな姿勢に戻してそのまま足早に去った。夜の濃い空気が耳を切りながら逆走していく。走っていた。今までで一番速く。薬を万引きしてきた時よりも、ずっと速く。都会の汚れた空気が喉に詰まっても、乾燥した喉をざらついた埃が引っ掻いても、それでも走り続けた。心臓が弾けるみたいに脈打ってる。走りながら時計を見た。もうすぐバイトの時間だ。

五線譜に並べられた不均一な音符みたいに、ガードレールに女たちが一列に凭《もた》れ掛かっていた。こちらを見ることもなくその視線は全てスマホに注がれていて、たまに声をかけてくるおじに目線が移る。十数人の女たちが沈黙と共に数メートルおきに立っている異様な光景。カジュアルな喪服って感じの違和感。大久保公園は今日も平常運行だった。

立ちんぼには店で働けない未成年が多くて、大抵がホストやメン地下の借金返済のために春を鬻《ひさ》いでいる。彼女たちと違うのは、私は別にホストにもメン地下にも狂ってない、ただの小遣い稼ぎのアルバイトってこと。最近は外国人もよく並んでて、エリアごとに値段の相場が大まかに分けられている。私が並ぶのは一番高いエリア。中でも需要が高い未成年エリアだ。基本的に寒くてもみんな足を出していて、そのために私もこうして我慢しながら立たなくちゃいけない。携帯をいじってる指先が赤くなってるのに気づいた。足が軋むように上下にガクガクと震えている。

道路を挟んで向こう側から、メガネをかけた小太りな男があからさまに携帯をこっちに向けていた。最近になって立つ女も増えたけど、その分副作用として撮影する輩《やから》も増えた。別に買うつもりもないくせに近づいて、鞄の中に入れたカメラとか、持ってる携帯でこっそりと動画を撮る輩。だから、みんなマスクをしてる。

「マスク、下に外してもらえる?」

ひそひそ声で話しかけてきたのはスーツ姿のいたってどこにでもいそうなヒョロいおっさんだった。会社帰りだと見受けた。おっさんは周りの目を気にしながらチラチラと辺りをうろつくと、暫くして私を指名してきた。選ばれたのはいいことだけど、またおっさんなのにげんなりした。今週でおっさん四回目。まあ私は元アイドルでもあるまいし、パパ活でイケメンなんて激レアだろう。何個か質問をされた後、じゃあ行こっかを合図に私たちは歌舞伎町のラブホに向かった。歩いている間もやっぱり周りの目を気にしていて、隣でそわそわしてるからやけに気が散った。

ホテルの部屋に着くと、まず先にマイメロディのタイマーをセットする。おっさんが財布から三万を引き抜いて先払いを済ませる。おっさんの財布は鞄の内側のポケットにしまわれた。先にシャワーでちんこを洗ってからじゃあ始めよっかの合図でスタートを押す。単純な流れ。ホテルのドアは常に鍵はかけず、行為中も携帯は常にポケットに入れておく。目の前のおっさんはとても非力そうで、一見すると温厚そうだけど、でもこの仕事をしていて他人《ひと》は見かけによらないということは嫌と言うほど知っていた。二日前に援デリの子を絞殺したのは、都内に住む二十歳の巡査だった。

下を脱がせて、射精が早く終わるようにわざといやらしい音を立てて咥《くわ》える。おっさんはひーちゃんはえっちな娘《こ》だねえとＩＱ低そうな声を出してとろんとした表情をしてる。

男ってバカだ。

頭の後ろに手が回ってくるのを感じながら、少し力を緩めて咥える。だんだんと硬くなったちんこが膨らんで、金玉袋がちんこの根元に上がってくる。射精の予感がした瞬間、やはり後ろの手に力がこもった。わざと喉元を開くようにして、気管をできるだけ閉じる。このアルバイトをやるうちに私が編み出した特技だ。そのまままきゅっと喉の奥を締めて、食道だけを開放した状態にすると、精液はそのまま垂れ流されるように喉の内側をつたって、胃にぽたんと落ちた。

「イラマは禁止です。追加分二千」

大してえずきもむせもしない私におっさんは少し不満そうだった。それから何回か抜いてやって、最後《フィニッシュ》は顔射だった。

顔についた精液をティッシュで拭き取ってると、いきなり彼の口調《モード》が変わったのがわかった。説教口調《モード》だ。この仕事をやってて感じるのは、意外にもこういう人間は多いってこと。「こんな仕事してて恥ずかしくないの」とか「親が悲しむよ」だとか、「俺も女だったら楽に稼げたのに」とか。ベッドで全裸になりながら真顔で言うもんだから、こっちはその構図の滑稽さに赤面してしまう。大久保公園で私に声かけてきて、ワンプレイ幾らか聞いてきて、交渉して、こそこそホテル入って、金払って、その後フェラしてもらってるのはどこの誰だよって感じで、毎回辟易する。説教って言ってもクレーマーみたいな口調だ。饒舌なのは多分普段言われなれているからだろう。接客業における『金を払う客＞対応する従業員』の方程式はここでも成り立っていると思ってるらしい。説教するその顔は酔いしれてるように、声は僅かに高くなっている。売春してる知能の低そうな『女』は鬱憤ばらしにはもってこいのサンドバッグだろう。だから行動に筋が通ってなくても私たちは気づかない、とでも思ってるのか。気づかないふりをしてあげてる私は果たして賢くないのか。

今私に必要とされてるのは捌《は》け口としてサンドバッグになってやることだと知ってるから、無駄に取り合ったりしないで吸収していく。そもそも若い客は少ないけど、こういうだるい客はやはり決まっておっさんだった。おっさんになるとどうも説教したくなるらしい。そのメカニズムについて少し研究してみたくなった。研究するなら、まず実験。実験室の部屋いっぱいにそれ用のウサギが入ってるようなケージが並んでいて、その中で全裸のおっさんたちが犇《ひしめ》きあってて、ウサギみたいに吸水器を下から舐めてる。銀の管を、まるでフェラみたいに。

可笑しな妄想にまた笑みが込み上げてくる。おっさんの顔も段々と不機嫌そうに変わっていく。でもどうせこの手の客は、こうしたほうが次の指名も入りやすい。あまり気にせずにニヤニヤしてると、けたたましくタイマーが鳴った。それが合図のようにおっさんはそそくさとシャワーを浴びにいってしまった。

私の名前は伝えてないはずだ。仲介もない。全部対面で済ませたし、年齢とかの質問も適当にはぐらかしたはず。痕跡となりうる全てを確認したあと、おっさんの鞄から財布を引き抜いた。ずっしりとした牛革の高そうな財布を開けると、中はスカスカで小銭で膨らんでいるだけだった。現金はたった二万。本当にカスだな、こいつ。二万をむしり取った時、その裏から写真が出てきた。

女の子がお母さんらしき人と写ってる。背景には大きな地球儀。あー、ＵＳＪか。何より驚いたのは、少し離れてその少女の右側にあのおっさんが立っていたことだ。いつ撮られたものかはわからないけど、写真の中の少女の年齢は私とあまり変わらないように見えた。娘だな、と直感で思った。少女の顔に、面影が重なる。背中が映った。フジツボみたいな梅毒の。

何となくその写真も抜き取った。財布を鞄にしまった後に、服を着てすぐに部屋を出る。援交相手のバカ女に金と家族写真を盗まれたとも知らずに、当の本人は呑気にシャワーを浴びてる。これで懲りたろ、くそじじい。


鍵のかかってないドアを開けると、トシが待ち構えるように座っていた。座り込みに見えた。私が帰る時間が不規則だから、ずっと待ってたのか。なぜ？　行く時のことを思い出して、一瞬怒ってんのかと思ったけど体を傾けて寝そうになってるだけだった。トシの背中越しに見える明るい部屋の中で、彩《いろどり》の派手な酒がトーテムポールみたいなタワーをつくってる。これを見せたかったのか。私を追い抜いて部屋に入り込んだ夜の空気が、彼を浅い眠りから覚ました。

「帰んの遅い。めっちゃ待ったぜ」

「そんなの知らないし」

「ちょーライン送ったわ！」

酔ってんのが声でわかった。もうすでに何本か飲んでるな、こいつ。

「なんなの。テンション高いのだるいんだけど」

今度はうなだれるように頭を抱えて、

「まじか……。俺、朝お前が不機嫌だったから機嫌直して貰おうと思って、お前のためにここまで用意してやったのに……。可哀想、俺！」と叫んだ。廊下に向かって伸びをして、可哀想！と連呼して、すぐにいびきをかき始めた。

「いつになったら消えんのよ、あんた」

さっきからずっと、トシの背後で、『彼女』が蹲《うずくま》っていた。いや、どこが腹なのかわからないから、床にへばりついてると言った方が正しいのか。

『彼女』を見た時、脊髄反射でポケットに手を入れていた。気づいた時には細長い滑らかな楕円のカプセルを転がしながら、『彼女』を見てる。何かに近づいていく気がする。直感的に、『彼女』は扉で、薬は鍵なのだと思った。私はそのままその向こう側に行くために薬を飲んでる。自分が抜け落ちて離れていくみたいな、幽体離脱みたいな、降霊みたいな。何だかわからないけど、酒とか煙草とかセックスより気持ち良いことだけはわかる。自分が分身して戯れているみたいな感覚、ナイフを首筋に当てて目玉で糸引くようなキスをしながら、社交ダンスしてるみたいな、キマってる感覚。捻れながら、揺れながら、全ての色が赤と白のコントラストに収斂していき、カプセルはそこにスパっとすべてを閉じ込めた。

そのまま飲み込んだ。すぐに後悔した。脇腹にある痣が疼く。さっきまでなかったのに、急に痛みを思い出した。突然夜を揺り起こすみたいに地面が揺れた。よろめいて倒れそうになるのを、壁に張り付いて必死に堪える。天井から鮭が降ってきた。鮭は私の頭の上でペシっと一回飛び跳ねると、そのまま床の中に沈んでいった。当たった時にごつんと音を立てて、頭蓋の中の液体が揺れた。途端に吐きそうになった。床にしがみつくように這い蹲《つくば》ってると、ヤドカリ。小さなヤドカリが、身体の二倍ほどもある貝殻を背負っていた。貝殻には大量のフジツボとかフナムシが引っ付いていて、ヤドカリは、疲れてた。

「下ろさないの？」

「堕ろしたのよ」

だんだんとさっきの快感がまた押しよせてきた。鮭が当たった部分がズキズキと脈打っていて、手をあてて見ると、血。でも、そんなのどうでも良いくらい気持ちよかった。ヤドカリは潰れそうになってる。手を伸ばそうとしたけど、それ以上に、なんだか眠たかった。

彼女がするりと服を脱いだ。

背を見た時、反射的に顔を背けそうになった。鼓動が速くなって、音を立てないようにすればするほど、呼吸の音が大袈裟に聞こえる。宥《なだ》めようと手を置いた時、心臓がその手を押し退けた気がした。重すぎる。澱んだ空気が肺に入り込んで、内側から凹ませてる。

私に向けられた彼女の背、そこにあったのは梅の花だった。白い肌一面の梅が七瀬の体を不気味に蝕み、背景にある薄緑や紫の鈍い蛍光色の斑《まだら》模様は壁画のようにその身体の負の歴史を刻み込んでいた。私は考古学者が指でたどりながら古代文字を読み解くが如く、そしてそこにあった血痕が争いを示すが如く、目の前の事実に殴りつけられた。それと同時に、攻撃的なその背中は少し寂しそうに見えた。

「私さ、初めて、親父なんだよね。いや、血の繋がりはないんだけどさ。義理の親父。再婚するって言っていきなり来た奴。

最初は、もうわかんないんだよね。いつから始まったのか。その前からさ、胸を触られたりとか、そういうのはあったんだろうけどね。もう曖昧なんだよね。

はっきり覚えてんのはさ、私が寝ようとしてる時に、いきなり部屋入ってきた時のことでさ。最初は普通に一緒に寝たいって言ってただけで、その時点でもう気持ち悪いなって思ってたんだけど。布団の横に入ってきたときにさ、服の中に、手、入れてきたの。でもさ、叫べるわけなくね。私、小五だよ。その時。お母さんね、みなっちゃんが良い子にしてたら帰ってくるかもしれないって耳元で囁いてさ、服たくしあげてきたんだよね。で、中出しされた。ティッシュの箱投げてきて、それで掻き出した中のやつ拭いてって、だいぶえぐいよね。

お腹触られた時さ、手、冷たかったな。今でもさ、ちょっと覚えてんだよね。忘れたいんだけどね、忘れたくないみたいなんだよね。忘れたらさ、全部そこで終わりな気がするでしょ。その時のさ、ベッドの上で耐えてた自分が可哀想だなって思うの。

忘れちゃったら。

そっちの方が楽だけど、不誠実な気がするんだよね。なんだか変だよね。あ。そういえばさ、これ話したの、ヒヒルとメル君だけだ」

「……お母さんには？」

「お母さん家出した後の話」

でも、生きてて偉いよ、と言おうとしてためらった。

私にはわからなかった。じゃあ、死んだら偉くないのか？

お兄ちゃんにレイプされたやつも、学校でいじめられて腕の内側に煙草のケロイドが残ってるやつもいるけど、誰が悪いんだろう。輪廻転生って考え方なら、前世が悪いのかな。前世の罰って、救いなんか微塵もないな。慈悲なんて、ないよな。

その背中には場違いな静謐さが含まれてる。けど、この痣は証だと思った。それは今まで彼女が生きてきた、矛盾した存在証明だ。彼女の背にある梅のように、彼女の魂も宙に浮いてるように見えた。よく見るとその背は驚くほど細い。そのままベランダから吹き飛ばされてしまうくらい、彼女は痩せ細っていた。細い枝が背負うには、梅はあまりに多かった。

この先人生もっと長いんだから、生きようよ、なんて言えるはずない。幸せに死ねるやつなんて殆どいないだろ。みんなに好かれて死んでも、そんな保証どこにもないし。

息苦しいな。この場所は、深海みたいに生き苦しい。

何も考えず「ねえ、逃げよ」と流れた声はあまりにも弱々しくて、そこにあったはずの意識とはぐれてしまった。すぐに後悔した。こっちを振り向いた彼女の、初めて正対するその顔はやっぱり痩せていた。

「どこに？」

「誰もいないところに。そこで、私と二人で暮らそう」

彼女は噴き出した。子供みたいに私をあしらって「おもしろそう」と茶化した。

「冗談じゃないよ」

「なんでヒヒルも逃げんの」

返事はいっぱい浮かんだのに、意地悪な質問に即答できなかった。自分がどうしようもなく、惨めになった。

「いいよ、私は大丈夫だよ。ごめんね、こんな話しちゃって」

彼女は優しいから、シャワーを浴びると言って部屋から出て行ってしまった。出て行く前に、彼女はためらうそぶりを少し見せた後、私の頭をそっと撫でた。泣かないでよ、って。

泣いたのは自己防衛だ。多分。

彼女がシャワーを浴びる音を聞きながら、近くにいる救急車のサイレンを聞きながら、自分の吃逆《しゃっくり》を聞きながら、じっと別の何かに耳を澄ましていた。ずっと考えてれば、聞こえる気がした。ここにいても、先はないんだ。生きていても、きっと何も残らない。骨になって、土になるだけ。腐っていく理性と、盛んな本性の間でそれはふりこみたいに揺れている。繰り返せば糸は細くなって、そのうちパチンと切れる。揺れているのは、自壊したいという衝動。遺伝子の隙間に何故か入ってる矛盾。腐った未来に対する反発。嘲《あざわら》笑う釈迦が垂らした蜘蛛の糸。

死んでいった奴らは、ただそれが強いだけだ。

アル中で死んだ子も、ＯＤで死んだ子も、喧嘩で死んだ子も。彼らには、自分から破滅を求めていく習性があった。それはまるで夜のコンビニの明かりに吸い寄せられる蛾のように。そうして自動でスライドするドアに押しつぶされる蛾のように。いくら払っても無駄で、へばりついた死体の上に新たな死体が重なっていく。止めても無駄なんだ。きっとそれは私の脊髄のもっと奥、私という生物を形作る根底にも組み込まれている二十三対の染色体に混じってるんだ。その定めに抗いながら、ＤＮＡのほつれた鋳型鎖の一本のように、ただだらしなく必死にぼーっとしながら、今まで無理やり十七年生きてきた。意味など直視せず、抗う意味など考えず、他人の言う通りに生かされてきた。その歳月は決して誇張じゃなくて、今思えばベビーカーから転げ落ちたのはきっと自分の意思だったと思う。私は自分で留め金を外して、真っ逆さまに顔から地面に墜落したのだ。その時当然私の頭には自由や解放なんて文字は無かったはずだけど、縛り付けられ服従させられることに対する人よりも強い抵抗感がきっとあった。

気づけばエレベーターの横側の、酒の自販機に小銭を入れていた。中から取り出した缶チューハイをその場で喉に流し込む。喉がひりついて口から溢れたのが床に垂れた。さっき机の上に二人で出し合ったホテル代も全部入れた。酒はまだ体に馴染んでいなくて、異物として吐き気を加速させるだけだ。溢れてくる嘔気を抑えるように胃の奥まで酒を流し込む。ただ流すことだけ考えてる。自分の中にある腐ったのが濾過《ろか》できるように流してた。

水を止める。ちゃんと締まんなかったのか、シャワーヘッドから少し漏れてる。記憶が抜け落ちてる。多分あの後部屋に戻って、脱衣所で服を脱いで、こうしてシャワーを浴びてるんだろうけど、その過程がすっぽりと抜け落ちてる。滴る水滴と拍動のリズムが重なる。表面の皮を剝がされたような、力がごっそり抜けている感覚。重力に引っ張られる筋肉を皮膚が支えているだけで、やっとのことで耐えていられる私の顔。この薄い私を私に保つものがビリビリとはち切れれば、中の私はどこまでも溶けていける。地面に、その下のずっと奥に溶けていける気がする。そこまで溶けていきたい。ここでじっとして風化していくより、なんの目的も価値もない場所まで。

ハイになってた。胸が焼けるように熱くて、体が軽い空気の中を泳いでる。そのままゆらゆらと外に流れて行って、ドアからダッシュした。息が切れるほど走った。走った。ドラッグストアまで精一杯走った。

入り口の前でいきなり止まった時、そのまま倒れて死ぬかと思った。意識が一瞬ゆらめいて、遠くに行こうとした。何も考えれない、白い場所に連れていかれそうになった。破裂しそうな心臓を右手で宥めながら、市販薬のコーナーまで行く。金は持ってない。持ってくるのを忘れた。違う。持ってくる気がなかった。

周りは見ず、どんどんポケットに入れてく。緊張と興奮と心地よさで、心臓がまた膨らみ始める。誰かが手を摑んで、おい、と声をかけてくる、妄想をしていた。実際は誰にも見られず、そのまま無事に店を出た。

部屋に戻った時、七瀬はベッドに座って待っていた。私の外出にさほど驚きもしていないようだった。

「遅かったね。どこ行ってたの」

「ドラッグストア」と言って、机の上に薬の箱をぶちまけると、驚いた顔で七瀬が見上げる。

七瀬は、なんでって言いかけたけど、途中で言うのをやめた。その代わり、「お金は?」と尋ねてきたから、「万引き」と返した。

「だめだよ。そんなの」

「うん。だからもう私戻れない。万引きくらいでって思うかもしれないけど、もう戻らないから。そう、だからさ、一緒にやろ」

「だから、ダメだって」

「一人は、寂しいよ」

七瀬の息が鼻にかかるくらい、顔を近づけた。酒の匂いが跳ね返る。目の前のあどけない顔はやっぱり迷ってた。

「一人は寂しいよ」

私はもう一度言った。

半身が柔らかいベッドに沈んでいる。

横に顔を向けると、机の上に酒がたくさん転がっていた。いつのまにかベッドの上に移動してる。服はちゃんと着ていた。律儀だと思った。ベッドが右方向に傾斜して、蟻地獄みたいにそっちに転がっていく。身体は立ってるトシの足元で止まった。

ベッドの上で見下ろしながら「セックスしよ」とトシが言った。「いくら?」と聞くと本当に不機嫌そうな顔をしたから、「冗談だよ」と言ってベルトに手をかけた。チェーン状のカチャカチャしたベルトは知恵の輪みたいに入り組んで見えるけど、見た目の割に設計は単純で手をかけるとするりと解けた。頭の設計もシンプルなくせにペイズリーだとか、アラベスクみたいな無駄に凝った難解な模様をよく好むのがなんかトシらしい。そのままパンツも脱がして、反ったのに舌を這わせる。若い分トシのちんこはおっさんのよりもずっと硬い。だんだんと硬直してきたのを咥えて上下に頭を揺らしてると、肩を突き飛ばされてベッドに押し倒された。

「今日はすぐに挿れたい」

慣れた手つきで擦りながら入ってきた溶けた鉛のようなドロドロしたちんこが、私を穿つ。セックスの時に感じる、体が内側から熱される新鮮な感覚。人間の平均体温は三十六度くらいに保たれてるらしいけど、それは平均の話で、本当は大体二度くらい低くて、その分勃起したちんこは六十八度くらいある気がする。
トシと私の一番近い場所。私の体内のお腹のすぐ下辺りに体の熱が集まって、そこで境界が破裂する。混ざり合いながら、だんだんと曖昧になっていく私と彼はやがて一つの熱い肉の塊を成して、溶け合うように呼吸する。重なる体に二重の輪郭。二重線の生き物は、程よく同じテンポの脈を打ってる。もっと打て。もっと打て。冷めるまで、焠《にら》ぎながら鉄の棒は私を貫く。それは絶えず変容しながら私の中で跳ねてる。竈《かまど》の中でひだが畝《うね》る。機械的に喘ぎながら、覆い被さるようにして乳首を舐めるくすぐったい彼の感触を感じながら、私はベッドで全然別のことを考えていた。

あらゆる角度から音が生まれて、泡沫《うたかた》のように街に溢れていき、歌舞伎町の吐息になる。水泡が弾けていく中に、救急車のサイレンが混じっていた。道を、道を空けてください、という悲痛なメガホンは緩んでいく周波数の撓みと共に三半規管の迷宮に入り込んで、その死を不明瞭にする。氷のような音をした余韻がキーンッと鋭く耳を穿って、サイレンは長い間頭蓋の内側でこだましながら、絶えず私を往復してる。

最後は意外と落ち着いていた。私たちは二人で横並びになって、何気ない会話をして、そうして普通に笑いあっていた。そこに何の虚飾もなく、私たちはありのまま、教室で話してるみたいに普通に話してた。なんだか初めて本当に笑えた気がするのに、長くは続かないのが名残惜しかった。

「私ね、ほんとはね、メル君のこと全然好きじゃないの」

「うそ」

「ほんと」

「じゃあなんであんなに推してたわけ？　しかもセックスしてたじゃん」

「セックスは別に誰とでもするよ。した方が好きって言ってもらえるもん」

「頼る人が欲しかっただけでしょ」

「それもあるかも」

じゃあ私頼ればよかったじゃん、とは言わなかった。ただ路上でたまに話すってだけで、私たちはお互い頼れるほど信用してなかったから。

「あとさ、私さ、実はまだ言ってないことあるの」

「今更なに？」

「……やっぱいいや」

「なんなの」

「秘密」

「別にいいじゃん、言ってくれても」

「だめ、恥ずかしいから。そういえばさ、ヒヒルってなんて名前なの」

「秘密、恥ずかしいから」

私の当てつけにはなんの反応もせず「私は七瀬みなつ」とだけ言った。

「知ってた」

「そういえばさ、ヒヒルって親いんの？」

「そら、人間だもん。いるよ」

「どんな人？」

「普通だよ。ほんとに普通。別に仲悪くもないし」

「じゃあ、なんでここいんの？」

「なんかさ、学校に馴染めなかったんだよね。起立、礼、着席！　でみんな同じ動きすんの、なんかロボットにされてるみたいに感じて」

「へえ、なんだ、私と一緒じゃん」

ふふっと笑った。初めて見たな、笑ってんの。学校にいたら、モテてたんだろうな、七瀬。

何やろうとしてたんだっけ。さっき、名前聞いたから忘れちゃった、と言って暫く思案している様子だった。できればそのままずっと思い出さないで欲しかった。希望は結局消え失せて、彼女はすぐにカバンを漁り始めた。

あ、そうそう、最後に、と見慣れないボトルのキャップを開けた時、なんだか大人っぽい、不似合いな香りがすぐに彼女を覆った。

「もう意味ないのに。香水なんて、大人ぶっちゃってさ」

「メル君がくれたの」

「あっそ。じゃ捨てちゃいなよ。新しいの買ったげるから」

ダメだよ、と大事そうにキャップを被せながら不意に、海、と呟いた。

「メル君がさ、青森出身らしくって、たまにちょっとなまってんだけどさ、青森の、えっと……深浦って場所。海と、星が綺麗だって、言っててさ。なんかさ、今更なんだけどさ、一回でいいから見に行きたかったな、海、なんてさ」

「後悔してる？」

「全然」

だって、ヒヒルも一緒だもんね。

「ね、私たち、伝説になるね」

こっちに微笑みかけてる顔は今でも覚えてる。

すごく幼く見えた。生意気な堕天使《Angel》。

話し終わったあと、七瀬が先にグラスに手を伸ばした。私もつられて、手を伸ばす。

「じゃあね」

七瀬は明日も会えるみたいに、気楽に言った。

私もじゃあねって返して、一気に錠剤を飲んだ。

その後、暫く七瀬を見ていた。お互いに一言も話さず、じっと見つめ合っていた。

じゃあね、なんて言わなきゃよかった。ただ黙っている時間に耐えられなくて、あと思ってたより時間が長くて、ぷっと噴き出してしまった。

七瀬もつられて笑った。

さっきせっかくじゃあねって言ったのに、馬鹿みたいじゃん。そういえば、と彼女は付け足した。

「魂って、21gらしいよ」

どこかの学者がね、死ぬ寸前の人を体重計に乗せたあと……

七瀬はそう言ってる途中で、ふっと消えてしまった。私も瞼がピクピクしてきて、あ、もう来たのか、なんて思いながら、そのまま眠りについた。

明くる日、ひどい頭痛と共に私は目覚めた。

体を起こして、ただぼんやりと数分間時計を眺めてた。チクタクと規則的なリズムが湖面に広がる波紋のように、徐々に広がる波がそこに沈んだ思考を掘り起こす。頭が冷静になっていき、夢と私をキッパリと断絶した。あ、私生きてる。そう悟った時、飲んだ錠剤が足らなかったことに気づいた。七瀬と一緒にいたのにも気づいた。また起きちゃったんだね、と隣の布団にいる七瀬に言った。布団はまったく動くそぶりを見せなかった。七瀬はまだ眠っているようだった。

なんとなく私はまだこのぼんやりとした頭に浸っていたいと思った。心にできた嫌な予感を、まだ隅の方にとどめていたい。このままずっとそうしていたいと願った。でも、じわっと広がったそれは、無視できないほど思考の余白を滲ませた。私はもうすでに起こりうる最悪のシナリオを想定していた。まず、起こそうと思った。びっくりしたでしょ、実はここ、まだ天国じゃありませーんって。その後のことは、びっくりした顔を見た後でいい。

布団を剝がして、七瀬を見た。あどけない顔。眠っているみたいに閉じた眼。髪の毛がかかった薄い唇。私は決心して、そっとその首筋に触れた。すぐに手を離して、布団を被せた。

私も横になって、布団を頭まで被った。七瀬は、死んでいた。ぞっとするほど冷たく、硬くなっていた。ガタガタと肩が震えて、それでも頭はやっぱり冷静で、これからどうしようか、まず警察に電話しようか葬式はどうしようか、遺影はどうしようかとかずいぶん先のことまで考えて、ただ布団にひっくるまっていた。

警察が着いたのは約二時間後だった。判決は自殺幇助罪だけで、執行猶予だとかなんだとかで一応刑務所には行かずに済んだけど、今も別にしっかりとした就職先は決まっていない。バイトは辞めて、パパ活して、その稼ぎだけで生きてる。あれから七瀬が死んだ季節は二回過ぎて、私は十九になって、未だにだらりと生き続けている。死ぬ機会をあの時失ってから、荏苒《じんぜん》と日々を過ごす私にとって、あの時の記憶は拭えないほど濃く染みていた。


丁度彼は射精した時だった。脈打つ彼の熱が私の中で吸収される。他人から渡されるこの汚れた熱が、また明日まで私を生きさせる。

パンツ取って、と投げられたブラジャーをキャッチすると、足元にあった自分のパンツを足にかける。トシのパンツは椅子の背もたれにかかっていた。セックスの後、下着って変なところにあることが多い。不思議。投げ返してやると、まだ穿かずにぼんやりとしてる。ぼんやりと私を見てる。長いウェーブのかかった髪の上からブラジャーをつけて、ホックを背中でかける。最後にファサッと髪を抜くと、トシは大袈裟に喜ぶ。だから大袈裟にファサッてする。それでファサッてしてってトシが動画を回してはしゃいでるから、やっぱりファサッてする。無邪気に喜ぶトシに私は何も言ってない。あの時から誰にも、七瀬のことは話さなかった。

目覚めるとトシがいないのに気づいた。すぐそばで眠っていたのに、背中にあるはずの温もりは抜け落ちていて、がらんどうの布団のへこみがあるだけだった。嫌な空洞だった。いつかの寒気が蘇って、急に寂しくなった。すぐに身を起こして、トシ、と呟いたつもりだけど、起きたばっかりだからか、胸を締め付ける何かのせいか、声は掠れていて喉からは音が抜け落ちた空気が透けるだけだった。

私の心配をよそに、あっけなくというか、案外すぐ近くにトシはいた。トシは、ベッドの端の変なところに座っていた。柔らかいベッドに深く沈んでる。トシは私が起きたのをチラッと見た。その後虚空を見つめるみたいに、窓を見やった。カラスが一羽どこかで鳴いていた。迷子みたいな声で。

「ちょっと、ってか結構前に、俺に何でここにいるのって聞いてきたじゃん」

「うん」

「俺、あん時いきなり不機嫌になったじゃん。あれ、ごめん」

変なやつだと思った。酔ってんのか。まだ窓の方を向いて、外の誰かに尋ねてるみたいな口調だった。

「どうしたの?」

トシはちょっと間を空けたあと、今度はちゃんとこっちを向いた。暗くてよく見えなかったけど、カラスみたいに真っ黒いシルエットに白い目玉だけが、僅かな光を反射して私を見ていた。

暗闇に韜晦《とうかい》した仲間を呼ぶように、カラスはやっぱり哀しげに鳴いていた。

シルエットが独り言みたいに話し始めた。虚空に消えてくモノローグ。話している間はまた窓の方を見ていて、たまに私の反応を確認するようにチラッと見るだけだった。

「俺さ、部活とかやってないって言ってたじゃん。あれ、嘘。ほんとは軽音やってた。そう、ギターよ、ギター。最初は先輩の演奏に憧れてさ、うわーカッケーって。この人みたいになりたいなって思ったたって、ちょっと恥ずかしいな、コレ。でもマジでそん時の尊敬デカかったよ。で、そのあとソッコー入ってめっちゃ練習してたのね。いや、冗談じゃなくて。俺も頑張ってたのよ、あの頃は。メンバーともだんだん仲良くなってってさ。俺以外みんな女子なんだけど、めっちゃ仲良くしてくれたなぁ。たまに飯食いいったりもしたな。修学旅行でわざわざお揃いの、バンドのイニシャル入ったキーホルダー買ったりもしてさ。あれ、七百円もするんだぜ。ぼりすぎだよな。今でもほら、携帯のこれ、これがその時のやつ。塗装はハゲてんだけど結構大事に扱ってんだぜ。そう……それで順調に文化祭前まで行ってたんだけど。

したらさ、文化祭直前に出口の前で次部室使う先輩たちが立ってて、顔見た瞬間すげえ嫌な予感したのね。もうさ、明らかに冷たいの、目が。

でさ、真ん中にいたメガネかけてる七三分けのやつが、え、これで大丈夫？　って聞いてきて。

俺はさ、何言ってんのかなんとなくわかったの。あー、多分演奏のことだろうなって。もっといえば俺のことだろうなって。そういえばあいつスティック持ってたな。

多分ドラマーだわあいつ。

ちょっと場が凍った気がしたな。夏なのに。俺そんなかで一番背が高かったんだけど、だからか余計に気まずかったな。なんか一つだけ頭出てると目いくじゃん。それでずっと縮こまってたんだよ。メガネの後に、横のいい声の女がさ、『いやもう前日だから何言っても無駄だけど、今まで何してたの』って。

いやもう死にたかったね（笑）。

だってさ、あいつ完全に俺見てた。俺ともう一人のギターの子。ギターバッグ背負ってたからさ。そうそう、早絵美《さえみ》ちゃん。可哀想だったな。俺のせいなのに。みんなやばかったね、そのあと。誰も喋んないの。俺だって面と向かって言われたわけだから気まずいし。でもさ、先輩たちが部屋入った後にバンドリーダーに声かけてみたんだよ。言いすぎじゃね、とかヘラヘラしてたら空気もちょっとは和むかなって。したら、『あんたのせいだよ』って真顔で言われて。本番明日なんだぜ（笑）。

他のやつもなんか俺のこと睨んでるし。早絵美ちゃんだけは……なんか目を逸らしてたな。優しい子だったから。

ははっ、言いすぎってさ、茶化す言葉も、何か意思があったっていうよりかは口から自然と漏れたって感じで。でもよ、言われた瞬間さ、心臓がキュッと縮む感じがしたの、肺のどっかに小さい穴が空いてて、そっから吸っても吸っても息が抜けるの。みんなは止まらずに無視して歩き続けたんだけど、俺は立ち止まっちゃって。ダサいよな。男なのに。視界がぼやけてきて。自分がダサくてもっとやるせなくなって」

後半はずっと自嘲しているみたいな口調で、トシは終始何かに向かって話しかけてた。

トシはそこで話を切り、じっと窓の向こうを見た。何かを求めているみたいな物憂げな目線で。カラスを探しているように見えた。

街は空っぽだった。ずっと鳴いていたカラスは近いのに、どこにもその姿は見当たらなかった。黎明の深い紺色にその姿だけが溶けてるみたいだった。そのままずっと窓の向こうから戻ってきそうになかったから、私から切り出した。

「それで、結局本番はどうしたの？」

「あー、バックれたよ。

普通にもう無理だと思ったし。二年は別棟の自習館で演奏する予定だったんだけど、そのトイレにずっと引きこもってた。一応ギターは持っていってたんだよね。でも先輩の顔見た瞬間なんか昨日のこと思い出してさ。先輩よりもバンドメンバーから逃げたかったのかも。何人かの男子が来て、なんか話しかけてきたよ。『どうしたんだよ』って。『なあ、もうすぐお前らの番くるぜ』って。でも、俺が泣きながらもうやっていけない、ごめんってずっと言ってたらみんなどっか行っちゃったな。多分失望っていうか、やる気なくなったんだろうな。どうせ端《はな》から顧問に頼まれただけだろうし。あっそ、ってそのまんま行っちゃった。

そのあとしばらくしてから早絵美ちゃんが来たんだよ。男子トイレだったんだけど、多分前の奴らが出てったの見計らって来たんだろうな。『トシくん、あのさ、昨日は私の演奏で嫌な思いさせちゃってごめんね。ねえ、もうすぐ私たちの番くるよ。ね、もう一回やろ。トシくん、お願い』って」

かわいいんだよなー、早絵美ちゃんの声。ボーカルでもよかったのに。と、話してる時、さっきまでの哀しげに仲間を呼ぶようなカラスの声が急に喚き始めた。仲間を見つけたというより、なんだか切羽詰まってるみたいな悲鳴にちかい感じで。

「結局もうどうでも良くなってたんだろうな。何もかも。でもなんか早絵美ちゃんの声聞いてて、興奮してきてさ。そのまま早絵美ちゃんレイプしようとしたら、逃げられて、退学」

がたん、とどこかで音がして、機械が煙を吐く音が聞こえる。振動してるゴミ収集車が口を開けていた。外はほんの少し東の方から朝日の予兆みたいなオレンジ色に染まり始めている。カラスの声に混じってだんだんと喧騒が湧いてきて、大学生くらいの若い集団が外で騒ぎながら歩いていた。近くの街灯の下には朝早くから犬の散歩をしてるジャージ姿の老人がいて、草臥《くたび》れた彼の吐息はまだ白い。

その景色にあの見慣れた真っ黒いシルエットはいなかった。カラスはどこかにいってしまった。

「そのまま連れ込んだんだよ。トイレに。

喉を思いっきり絞めてさ。一旦気絶させようと思ったんだけど、案外するって抜け出すもんだよな。ちゃんと腕摑んでたのにさ、華奢だからかな。逃げた後はまた鍵閉めて、あの横にスライドしてドア閉じる金具をぼーっと見ながら、なんか考えてたな。いや、なんも考えてなかったかも。親にも連絡いったし、学校も停学になった。そ。でもそのあと結局自主退学したよ。そりゃ学校なんて戻れないでしょ。それで結局はここ。家出中」

バサバサと飛び立つ音が聞こえた。やっぱり近くにいたんだ、と思ったらもっと大きなやつだった。黒い布切れみたいなのを両足でしっかり摑んで飛び去っていった。

「親は？」

「ハッ、なんで身内のレイプ魔捜そうとするんだよ。俺なんてどっかで死んでくれたらその方がいいって思ってるに決まってんだろ。現に俺ずっとここいるし。全然俺の捜索願出てる気がしないぜ」

確かに、トシはずっと前からここにいる。私だって長いほうだけど、私が来るずっと前から。トシって今いくつだっけって聞いたら、二十四と返ってきた。計算すると七年くらいここにいるらしかった。やっぱり長かった。どうやって生きてきたんだろうか。ここにいた七年を思うと、なんだか途方もなく感じた。

「トー横あって良かったよな。フラフラの俺でも匿ってくれたし。俺多分あそこなかったら頼る人もいないし、どっかで餓死してるか、勇気あったら首括ってたよ、多分。トー横サイコー！」

万歳してベッドに倒れたけど、明るいムードにするにはわざとらしすぎた。本人もわかってるみたいに、まだ少し窓を見ていた。

一旦終えようとした話題に戻るのに躊躇したけど、やっぱり気になった。

「そのさ、先輩っていうの。もしかして、最初に演奏聴いた人？」

上半身だけ起こしてちょっと間を空けた後、そうだよ、と答えた。

彼の後ろで朝日が少しずつ袖を引かれるように姿を現す。光が侵食した透明な二月の空は虚空を孕んだ余情を引き止める。

「もうすぐ、ここも終わりだね」

どっちかが、言った。二人とも多分考えてることは一緒だった。

「なあ、一緒に逃げない？」

トシから言った。「どこに？」と返した。

「どこでも」と言ったあと、「東北とかどう？」と付け加えた。

「どう生きていくの？」

「なんかむこうはいっぱい伝統工芸品とかあるだろ。今継ぐ人いなくて困ってるって言ってたし、そういうのって色々ゆるそうじゃん。弟子入りしてさ、部屋貸してもらって、そこに住もうよ。俺さ、多分結構手先器用なんだ。美術やってたし、センスあると思うんだよ。そこでさ、皿とか将棋とか、あとこけし！

なんでもいいからさ、いっぱい作ってさ、それで師匠になるよ。お前もさ、部屋借りて、俺が働いてる間は部屋で待っててくれよ。それで、たまに俺の手伝いでもしてくれよ。なあ、いいと思うだろ」

最初から無理だとわかってる妄想だ。トシもそういう話し方をしていた。

「ううん。私はここに残るよ」

「ここにいても、先ないよ」

「そう、でも、それで十分だよ」

十円玉の模様と似てる帽子のマーク。見慣れた紺色のジャケットの制服の男たちが、二人の少女を連れて行ってる。その横で清掃員がパイプ椅子の上の酒瓶を全部ポリ袋に詰め込んでいる。隣にはすでに結ばれた黒い袋が三つあった。さっきのゴミ収集車が口を開けて放り込まれるのを待っている。草臥れた薔薇は茎だけを残して足元で砕けている。

遠くの空で無抵抗に摑まれてるカラスの小さな屍体をなぞるように、陽の光が当たっていた。薄暗い部屋を透かして床にはカーテンの模様が優雅に揺蕩っている。ゴミ袋が詰まった路地裏で、サラリーマンがゲロ吐いてる。

「この方のフル動画ありますか?」

「500 pay で買います」

匿名のアイコンが飛ばす無機質なリプライ。記号の羅列。その中にある、驚くほど生々しい性欲。文字に加工された欲望は私の中に含まれた瞬間に、有機的な付加価値を与えられる。

前から私のアカウントをフォローしてる人。『あああ』さん。プロフィールには何も書かれてないし、興味本位でフォロー中も見てみるとやっぱり私みたいな人間がずらっと並んでいる。かずうちゃ当たるって感じで色んな人にオナニー動画が欲しい、500payで買うというリプライを送ってる。明らかにこういうやりとりをするためだけのエロ垢だというのがすぐにわかった。

「DMきて」

普段から打ち慣れた文言は、今やDの時点でキーパッドが予測している。すぐにアカウントをフォローしてDMを開放する。本当に買う気があるなら、暫くしてからDMがあるだろうから、そこから取引をするのだ。電子マネーができてから、今までよりももっと商売が楽になった。以前みたいにプリペイドカードを買わせに行かなくても済むし、手軽になった分客も増える。粗いモザイクで隠したオナニー動画をネットにばら撒いてれば、そのまま喋る小銭がじゃんじゃん釣れる。人の自慰行為に金を出せるのが不思議でたまらないけど、同時に人ってこんなもんなのかなって思う。ネットにおかしい人間が多いんじゃなくて、人間は元々おかしくてそれを顕在化させる鏡みたいなのがネットなのかもしれない。さっきのリプライの「この方の」という言葉から、普段は真面目に働いているおっさんが、私のオナニー動画片手に薄暗いベッドの上でセンズリこいてるのを想像する。匿名の中で初めて人には見せられない本性みたいなのを露呈させながら、必死にセンズリのオカズを探して声をかけてる。要するに、みんなこういう猿みたいに丸出しな性欲と疎まれるような性癖を必死で取り繕って、卵巣に届かない精子と一緒に金玉袋と規範《モラル》にしまってるってわけ。

携帯の画面をスクロールすると、一気に世界の色が変わる。健全な白いサイトから、真っ黒のサイトに。初期アイコンをタップして、そのままアイコンの右にある投稿ボタンを押す。添付するファイルを選んで、「㊙J〇オナニー 拡散希望」と適当に題名をつけて投稿する。顔にも陰部にもモザイクをかけてある十五秒の動画は、他に投稿してる六十分くらいの動画へ誘導するための所謂《いわゆる》撒き餌だ。もちろん本動画は私にフレンド申請しないと見れない『非公開表示』になっていて、主にそのフレ申が収入源だ。

早速動画のコメントが書き込まれるけど、大半は小銭すらも出し渋っている奴らで、

「続き」「続きください」と、私のプロフィールに書いてある「500payで公開」の文字も読まずに、親鳥が来ると一斉に口をぱくぱくさせて、ただ口に獲物が突っ込まれるのを待ってる雛鳥みたいに連呼してる。連呼すれば開けてくれるとでも思ってるのか。その知性のなさに虫唾《むしず》が走った。交換条件のつもりか、自分のフレ申も承認するから、とかほざいてる奴もいる。私とまったく同じ初期アイコンをタップして、試しに投稿してる動画を覗いてみる。こういう奴には珍しく、思ったより多くの動画が集められていて有益なものも何点かありそうだった。私のアカウントは他人のオナニーの転売もやってるのだ。

キーボード入力の音の隙間に、鉛筆が紙を引っ掻く音が挟まる。このやりとりをしてる隣でトシが中古で買ったメディィチを描いてる。同じ空間で男が絵を描いていて、女は自分のオナニー動画で商売してるなんて、恐ろしく相反して、それでいて神秘的だなと思った。

トシがつけたテレビで、CMに邪魔されながらニュースが断続的に垂れ流されてる。最近は珍しくなった、消費期限切れのあの場所のニュースだった。でも、いくら時間が経っても、ニュースで取り上げられてる私たちは歌舞伎町の新宿東宝ビルの隣に屯してる若い非行集団で、平気で地面に仰向けで寝そべったり、未成年でも煙草や酒をやったり、おっさんに体売ってたりして殆どの人が眉を顰《ひそ》める対象で、右脳左脳死んでる右往左往した烏合の衆で、未来がない破綻した若い人間の集まりで、蚊柱みたいな存在なのに変わりはなかった。

人間　ゲイ　警察　フェミニスト　マゾヒスト　ヴィーガン　女子高生　援交女子　トー横キッズ　人妻　ネクロフィリア

思想でも、性別でも、生態でも、職業でも、性癖でも、結局いくつにも分断されて、カテゴライズされている。ひとくくりにしてしまった方が楽だし、してしまっても問題ないから。上手に分断された時、不利益を被る側は常にそれ以外に対して少数派であり、抵抗する術《すべ》はないようにうまくできている。スマホの画面を埋め尽くす殆ど肌色のサムネの中にもＪＫ①、ＪＫ②とラベリングされた少女たちがいる。お尻を向けてたり、ベッドに座っていたり、縛られていたり、何か突っ込まれていたり。全員違う少女なのに、どれも泣きそうな苦悶に満ちた表情を浮かべて、ただこの時間が早く終わるのを望んでいるように見えた。

トー横キッズ。

外の人は私たちをキッズというけど、玩具が好きなのは大人の方だ。ローターもアナルビーズもディルドも、全部大人が買って、キッズで遊ぶ。じゃあ大人は子供《キッズ》ってことになるかもしれないけど、それだと私たちは玩具になる。玩具という響きに、私たちの思考や痛みや、屈辱は悉く無視されているような、ただ弄《いじ》られて壊れたら捨てられるだけの消耗品としか見られてないような気がしてくる。そういう時、捉えどころのないやるせなさが心をじとっと覆う。

カテゴライズされ、ラベリングされ、売り物になってる女の子たちに混じって、フォルダの片隅に、一人中学生ぐらいに見える少女がいた。まだ幼くて体つきも貧相な娘。日焼けした肌の、処女の香り。多くのファイルの中でも明確に、キケンな雰囲気がした。何となく興味本位でそのファイルを開いてみた。

その動画には、珍しく最初に質問時間のようなものがなかった。普通は大抵ホンバンに入るまでに「初体験は何歳だったか」とか「何Pまでしたことありますか」とか聞いて恥じらったり淡々と話したりする部分を入れて尺を稼いだり、あとはシロウトモノっぽさを出させる。理由は単純なもので、全裸で二人が交尾してるという状況は殆どの人は立ち会ったことがないもので、そのセックスという非現実的な世界観に、服を着たままの対話というありふれた現実的な情景を挿入することは、その二つの異なった世界観を地続きにするからだ。でも、その娘は最初から殆どが剝き出しにされていた。最初から非現実的なまでに、画面の中は悍《おぞ》ましかった。

目隠しとマスクをして顔はほぼ隠れていたが、その他の部分は悉く露呈していて、M字に開いた足は手と一緒に黒いガムテープで太ももの辺りで雑に縛られて、セロハンテープで女性器を広げられたその中で〝しきゅう〟がひくついてる。彼女が抵抗する術の全てが一切取り払われて、身動きが取れないように固定されたそれは、やはり『玩具』だった。彼女が呼吸するたびに、肋骨が浮き出る。思いっきり殴ったら三本は折れそうな未成熟な細い線。ほんとに思いっきり殴ったらどうなるんだろう。呻き声を想像して、股の辺りが熱くなる。

ラッピング。スパンキング。首絞め。電流。カッター。

治るものから、跡が残るものまで、プレイと呼ばれる行為は人のニーズの分だけ多種多様にある。誰かが厭《いと》うことも、また他の誰かには性的興奮の対象になる。その距離が遠ければ遠いほど、共感できた時の感動が強くなる気がする。私の想像なんて、全人口の性癖のほんの一部にも届かない。誰かが隠してる本性が彼女を『玩具』としてどんなふうに扱うのか、想像するごとに不安が重なる。いつのまにか、彼女と同じペースで呼吸していた。横隔膜が透けて見える浅い呼吸。私に合わない、速いペース。だんだんと肺が立ち行かなくなる。苦しい。目を背けて、大きく息を吸った。一旦止めて画面を眺めていると、彼女の背後に何かが映ってるのが目に入った。見慣れた四角形は、すぐにスマートフォンだと判った。色合い的に少女の物だと思う。その背面に、嫌な寒気がした。動画を止めて、画像を拡大してみた。モザイクみたいな粗い画素の色は頭の中の記憶と結びついた。見覚えのある青い髪の薄ら寒い笑い方のアイドルと。

デジャヴ。久しく怠けていた立毛筋が逆立って、青い血が焦るように心臓に回帰していく。身体を襲う冷気と打って変わって、股間の方に熱が逆流していくのを感じた。

私は急いでフォルダを閉じた。スマホを胸に当てて、目を閉じて深く呼吸をしながら、暫くそうして胸を押さえていた。七瀬の「魂ってどこにあると思う」って声を思い出した。二人で電話してたんだ。

「なんで私たちって生きてるんだろうって、考えるの。だってさ、この前自称教授のパパが言ってたの。宇宙には必ず終わりがあって、あの星も何億年も前に爆発したけど、遠すぎるからずっと前の光が地球には見えてるって。だったらさ、私たちなんて本当にちっぽけで、私たちが生きてたところで、万が一地球のみんなを救うようなことをしても、それってなんにも価値がないことだと思わない？　だってそれは宇宙の始まりにも終わりにも影響しないんだもの。死んだらどこ行くんだろって思わない？　私は思ってたんだ、ずっと昔は。でもさ、夜布団かぶってそういうこと考えてると、自分の中身、なんて言ったらいいんだろう。内臓とかそういうんじゃなくて、心がすとんってずっと沈んでいくの。寝苦しい夜に、底のない闇に沈んでくの。

ねえ、ヒヒル。魂ってどこにあると思う？

私はね、やっぱりここら辺にあると思うんだ」

心臓をトントンと指で差しながら言って、彼女は私の胸にも指を当てた。そうだ、電話じゃなかった。彼女の細い指の感触を、胸は未だに覚えてる。

「脳にあるっていう人もいるじゃん。考えるのは頭だからって。なんか昔、うわ、そういえばこれも教授のパパじゃん。教授パパ活しすぎ。そのね、教授のパパがね、脳の大脳が精神活動をつかさどってるって言ってたのも聞いたことがあるし。でもさ、私はやっぱり胸にあると思うの。おっきな肺に挟まれながら、働き者の心臓の中で、窮屈そうにうずくまってるの。どう、しゃれてるでしょ。今の。

いやいや、だって、本当に苦しくなった時、嬉しくなった時、人って胸を押さえるでしょ。溢れちゃう心を押さえて、押し込もうとするでしょ。だから心臓にあるのよ。そういえば、心臓って、こころの……なんて呼ぶんだっけこれ。でもこころの臓器のぞうって書くじゃん！　じゃあ、心があるのは心臓で決まりだよ」

興奮した彼女の声が蘇る。さっきの裸に重なって、目元が痛くなる。全員憎くて、殺してやりたくなる。

魂は21g。

魂と21ｇという文字が自然に頭の中に湧き起こった。いつかの持ち主のわからない声につられて、二つの言葉は久しぶりの邂逅を果たした。

魂は21ｇ。

咄嗟にカバンから財布を出して、逆さまにひっくり返した。鉛筆の手を止めて、トシが怪訝そうな顔でこっちを見る。散らばった小銭が蜘蛛の子を散らすように音を立ててあっちこっちに弧を描く。私は這い蹲って散乱した小銭を拾い始めた。たしか一円玉はちょうど1ｇだった。だけど、どんなに探しても一円玉は六枚しかなくて、妥協してその代わりに十円玉と五円玉を足して手のひらに載せてみた。十円玉は10ｇじゃない。五円玉も5ｇじゃない。もっと軽い。でも、妥協するしかなかった。

いつのまにか暗い森が私を囲ってる。湿気た地面の上、一人で地べたに座り込んでいる。童話の中みたいに、木々どもが騒ぎ出す。黒い薔薇が言う。

「私は憎しみ！」

どこからか冷徹な風が吹きつけて、罵倒するようにそれが騒々しさを増した。頭の中で蛾が蠢《うごめ》いてる。何匹もの蛾が頭の中で羽ばたいてる。ずうっと、ずうっと、羽音が頭に響いてる。虚ろな体を直接、痛みを与えながら震わせている。

私は床に落ちた小銭を手のひらでかき集め始めた。土砂降り。罵倒が私の耳を劈く。私はこれが幻覚だと、とうにわかっていた。だが、手のひらの硬貨の山は、この感触は……。

ちっぽけな小銭の山。これが、彼女だった。そして、これは所詮二十一円だ。軽い。やっぱり、軽い……。

いつのまにか、トシの部屋で小銭を抱えながら嗚咽していた。トシは何も言わず、コーヒーを淹れて部屋から出た。嬉しかったけど、腐ってるような気がして、飲まずに酒瓶についだ。花はもう枯れていた。

夜中まで探していると、やっと七瀬の画像が見つかった。検索履歴には堆《うずたか》く七瀬に辿り着けなかった文言が積まれてる。
ＪＣ　シロウト　ハードプレイ　トー横キッズ　ツインテール
億万の記事から、五つの単語の組み合わせで七瀬は導き出せた。記事にある動画はサンプル映像だった。主にシロウトモノを取り扱うサイトのURLまで飛ぶとやはり本編の動画が販売されているページだった。彼女は『トー横低脳女シリーズ　part2 J○娘』とラベリングされていた。販売者：バジルの隣にある購入ボタンを押すと、すぐにダウンロードが始まった。

変な所から動画は始まっていた。多分途中から動画を回したんだろう。七瀬がフェラをする隣で、バジルがスマホを掲げながらケタケタ笑ってる。俯きながら前後に揺れる七瀬のツインテールを、おっさんが引っ張った。反応がなくてつまらなくなったバジルが今度は七瀬の顔にスマホを近づける。手でカメラを押し返し、咥えながらバジルを睨みつける七瀬。バジルは気にせずカメラをぐいぐい押し当てる。おっさんもノリ気で、わざと七瀬の顔を押さえつけるみたいにする。七瀬が手で太ももを叩いて、やっと七瀬の頭が解放される。

「ねえ、やめてってば」

その刹那、理不尽な平手打ちの音が空気に響いた。二人のケラケラした笑い声と七瀬のしくしく泣く声と、液体のぐちゅぐちゅした音とがただ鳴っていた。全部ぐちゃぐちゃだな、って思った。

撮影する前にたくさんの水を飲ませるのはよくある話だ。脱水症状を防ぐためというのもあるだろうけど、実際はそんなのたいして重要じゃなくて、そっちの方がたくさん潮吹いて派手だからだ。潮吹き＝気持ちいいの方程式の中で、男の妄想は大きく膨らむから、もちろん需要も高まる。

「はは、犬のしょんべんみてえだな。ほら、もっと鳴けよ」

片方の足首を摑んで上に持ち上げるようにすると、ちょうど電柱にマーキングする犬のような姿で七瀬が失禁する。無抵抗に足を広げられて、小便が情けないアーチを描いていた。こいつマジかよ、と笑いながら、バジルが指をマンコに突っ込む。思いっきり入れたから七瀬が絶叫した。乱暴に掻き回すと、液が垂れてシーツの色が濃くなる。バジルの長い爪が膣を切ったのか、薄まった血が白地に目立った。獣みたいに呻きながら、それでも我慢している。泣いたらサムネにされるから、歯を食いしばって耐えてるけど、結局その顔がサムネにされてる。その後、画面全体がフェードアウトして、数秒後に次の場面が映し出された。玩具みたいな、あの姿。

七瀬は生きていた。みんなに忘れられて死にたいと願った彼女をもうすでに誰かが保存して、無抵抗に拡散されてる。死んでるのに、生かされてる。ホルマリンの中の泡《あぶく》みたいに、パラドクスのようにも見えるけど、辻褄は合っている不自然なカタチで。

今からバジルを殺しても、このサイトから七瀬を消しても、全ての七瀬を削除することはもう不可能だった。ハメ撮りも、ネットの記事も、記憶も、私には無くす力がなかった。できるんなら、みんなにお願いしたい。分割された七瀬を、一人一人に頭下げてでも、金払ってでも、フェラしてでも、本番してでも、殺してでもいいから、削除させて七瀬を死なせてあげたい。

不可能なんて最初からわかってる。理不尽なんてこの世にたくさんあって、みんな誰かの理不尽に我慢しながら誰かを虐げた上にいて、私も我慢してるんだからあなたも我慢してよね、って神経通されて、その神経の中で同じ情報に一喜一憂するように強制される繰り返しで、それが社会というもので、教室というものであって、ずっと、ずっとそうやって廻り続けてる。神経を拒否したり、笑顔になれない奴は脱落。排除されて、そのまま死ねって考え。それでも、そういう時になってこの世界が理不尽と考えるより、自分一人が傲慢と考えられるほど謙虚になれる人間は少ないと思う。だって、抗う意味を考えて全部無駄だと思ったら、本当に全てが無駄になっていってしまう気がするから。

いや、違う。全部無駄なんだ。いくら美化しても変わらない。肉から骨になって、その後に土になる過程に、意味付けしてるだけだ。無駄だと思えば全部辻褄が合う。無駄だと思って生きるのは、嫌な感じだ。それはセックスの後に感じる、あの虚無感に似てた。死が寄せては返す瀬戸際で、岸辺に突っ立っている私の足首を浸す感覚。浸っている間は自分が絶望的なまでに無価値に見えて、もし目の前に押せば死ねるボタンがあれば迷わずに押せるようなあの魔法。

でも自分で死ぬほど大した決断でもなくて、吸い寄せられるようにベランダに向かっても、手すりに寄りかかったまんま月を見ていると微風が私を抱きしめて、体内の自殺願望も徐々に闇に溶かしてくれる。虚しさで空っぽの自分が、反対に夜に染まっていくように感じる。闇と混ざり合った私は索莫《さくばく》とした空にほんの僅かに光る赤い点を見た。

それはちっぽけな赤い星だった。しかし、それは私に感傷を与えるのに十分だった。学校の地学で学んだのを思い出した。教員歴一年目の新任教師がしてたつまらない授業。別の教科を勉強してるか、寝てるかしてるみんなの頭はいつもより標高が低くて、その中で私だけが熱心にノートを取ってた。私がペンで紙を彫る音。誰も聞かない声に、乾いた笑い。誰にも受け取ってもらえない彼のギャグは、冷たく教室に響いた。

別に地学が特別好きだったという記憶はない。あの時間の中で私の記憶に残ったのは、アノマロカリスでも、石を構成してる小さな結晶でも、地面を削る水の運動でもなくて、教科書の第四章にある宇宙の誕生だった。ちっぽけな人間が光が走っても何万年もかかる膨大な宇宙の神秘を知っていることや、真夜中に私の胸を締め付ける「なんで生きてるの」という（一日を惰性で過ごす怠惰な人間しか患わないだろう）難問を解く鍵は果たして宇宙の隅に転がってるんじゃないか、なんて思ってたから。

そういえば、赤い星は、その時先生が配った「星の寿命と明るさの変化」のプリントに載ってた。生徒に配るプリントは費用がかかるからカラーコピー禁止なのに、色付きで配られた星の寿命のプリント。きっと知らなかったんだろう。誰も教えてあげなかったのかもしれない。あんまり学校に馴染んでる感じもしなかったし。そういえば、他の先生と話してるところを見たことがなかった。怒鳴られてるところは見たことあるけど。あの後もきっと誰かが他の先生に言って、怒られたんだろうな。

猫の耳が生えた女のキャラクターがプリントされたペンケース。同じキャラクターの缶バッジをたくさんつけたトートバッグ。寝癖だったボサボサな髪。汗をかきやすいらしく、夏になると白衣の脇の部分だけ濡れてることがよくあった。あと、実家暮らしって言ってたっけ。別に悪い部分だけをピックアップしたわけじゃないけど、思ったよりも嫌われる要素に溢れてる人間だったなと気づいた。

その彼が無断で配ったあのプリントの一番下に、赤い星は載っていた。最も寿命が短い星は、真っ赤に膨れ上がって、最後には開花するように爆発する。なんたら爆発とか言ったっけ。そうだ、赤だ。早く死ぬのは赤い星。黄色でも、白でもない、ちっぽけな赤い星は今の私だ。近くに他の星は見当たらない、誰とも一緒になれない孤独な星。もしくは、意地悪な雲に隠されているのかもしれない。誰とも星座を作れず、ただ細く伸びた雲の陰で、体育座りをして砂をいじってる赤い星。

そういえば、今見えてるのは何万年も昔の光だというのも聞いたことがある。じゃああの星は今はもういないのかもしれない。それとも、新しい星と一緒に星座でも作っているんだろうか。

星が点滅し始めた。

赤い点は、ただの鉄塔の明かりだった。頭のどこかで最初から知っていたような気がした。足首が浸っていた温《ぬる》い水がだんだんと現実の冷たさに変換されていく。彼岸にはやはり見知った人影が立っていた。人影は指先でオリオン座をなぞった。砂時計みたいなオリオン。七点じゃ無理がある複雑な星座。いや、星座なんてこじつけだろう。だって創ったのは文字を読めない羊飼いだし。

星座という文字に呼応して、トシの声が頭に響いた。ちょっと前に宙にあるオリオン座を指差していたトシの声。あの時すぐに携帯を上に掲げたけど、僅かな光は画素の悪い闇に呑まれてしまった。あとで上手な撮り方調べて、もう一回撮ろうって断念したんだっけ。そういえばオリオン座、まだ撮ってなかったな。急いで空にスマホを掲げたけど、やはりそれらしきものは見当たらなかった。四月の夜空に、そんなものあるはずもなかった。あるのは不出来な砂時計か、リゲルが消失した隻脚《せっきゃく》の狩人だ。私は星座に詳しくないから、夜空にまぶされたオリオンを区別する術もない。ほんの少しの喪失感を抱えながら、もう一度ベッドに向かった。ここに私を非難する者はいない。死んでこなかった臆病な私でもベッドは優しく抱きしめてくれる。何度も繰り返した、腐った惰性の夜。

パリッと何かが崩れる感覚があった。足の裏で砕けてるそれは例のカプセルだった。あと二個しかなかったあのカプセル。ベッドの上に胡座《あぐら》をかいて、ざらついた感覚を皮膚から剝がしていく。白い珊瑚みたいな破片が、手のひらに落ちていく。

いつのまにか口を開けていた。パブロフの犬でもあるまいし、薬を反射的に飲み込んでしまったのを後悔したけど、どうしても吐き出したくなかった。ここで吐き出せば、また繰り返しになる気がした。おっさんの精子を飲んで、ただ老化を待つだけの日々に。

辺りに水は見当たらないし、仕方ないから唾液で飲み込んだ。粒は喉の奥で停滞していて、なかなか溶けていかなかった。残った蟠《わだかま》りを溶かしながら起きていると、さっきの感覚がまた足首から胸の辺りまで浸すように私を包み、体が浮くように軽くなっていった。ドレスみたいに嫋《たお》やかな淡水魚の鰭《ひれ》のように、優雅に、はためくようにふわっと。

炎のように頭が揺らめいていき、それは宗教的な舞踏のあの回転のように段々と高揚感と共に自転を加速させ、その刹那閃光が目の奥で結ばれ、弾け飛ぶ火花が全ての風景を遅れてトレースする。稲妻の如く衝撃が体を貫き、中枢神経の電線を悉くショートさせ、痙攣する二重線の世界は陽炎のような幻影を召喚する。

これは瑪瑙《めのう》？　迷路？

脳内で複雑な配線が錯綜し、その横で私は諦念、懶惰《らんだ》とともにうとうとと微睡《まどろ》んだ。とても浅い。黒い鳳蝶《あげはちょう》が一疋《いっぴき》留まっているような夢だった。

七瀬がいた。

波のさざめきに耳を傾けながら、ただ風を待つ澄んだ顔と、靡《なび》く髪、彼女特有の香りが空気をピンクに染める気がした。仄かな甘みがまだ鼻の中に残ってて、清《さや》かな風が体をそっと撫でて抜ける。砂浜だった。賽《さい》の河原じゃない。どちらかというと、ニライカナイだ。

今日はいつもと違うな、と思った。記憶じゃない。そのまま夢。悪夢でもなかった。それにやけに綺麗じゃないか。服はあの時のままだし、手足も捻れてない。それに七瀬は、強烈なまでに生気を放っている。その形相の一切に、亡霊である面影はなく、その瞳には確かな光が宿っている。そして何よりも、そこには攫われたはずの〝生々しい〟記憶があった。

失くしたはずの匂いが七瀬を包んでいた。

ああ、確かにこんな香りだった。どろどろに溶けた『彼女』の香り。鼻に絡みつくように、彼女が内側から包みこむ。

二人の『彼女』が重なる。そして、反発し合う。彼女が私に微笑んだ。『彼女』は私を凝視する。私はようやく知った。

あんた。七瀬じゃないのね。溶けちゃった、あの子の子供なのね。

彼女の子は、ただそこにいる。ただその澄んだ眼差しを私に向けている。睨んでる。私を責めてる。

違う気がした。私だけじゃない。全部を憎んでるんだ。彼女を傷つけた全部を。彼女の瞳は、この糞の掃き溜めみたいな世界を恨んでる。彼女の意思がそのままその視線を介して私の中枢神経に繋がってる。その僅かな線を辿って、言葉の無い情報が頭に流れ込んでいる。私は彼女の全てを知っている。そう、彼女の〝全て〟を。なぜなら、彼女は私だから。

そこに佇む彼女は、薬物で作り出した、彼女の死体を借りた狼人間でしかなくて、私がただ彼女の死体を意味付けに利用しただけだ。そんな物の中に彼女の心なんてあるはずがない。しゃぼん玉になったあの子が残していった〝しきゅう〟には、きっと石しか詰まってない。歯並びの悪い赤ずきんが、丁寧に隠蔽した意思が。

全部恨んでるのは、私だ。

風が凪いだ。鳳蝶が飛んだ。私は起きた。

赤信号で端に溜まっていって、青になった途端、「散開！」の合図で交差していく。ずっと同じ光景が、日傘の柄やら、服装やら、人やら、僅かな成分を変えながら絶えず繰り返されている。そうやって忙しなく人間が流動していて、一人一人が血液みたいにこの街全体に巡っている。私はそれをＴＳＵＴＡＹＡのロゴの上にあるスタバの右から三番目の席に座って眺めながら、のほほんと、ちゅーちゅーとお洒落にフラペチーノ吸ってる浮かれ女《ビト》。茹だるような日差しの中、汗だくのサラリーマンやグラサン姿のタンクトップで歩く人々は一切の不安もないように見えて、スクランブル交差点を横切る瞳は生気に溢れていた。同じ東京でもこんなに成分が違う。気分転換に渋谷に来たのは正解だった。私のことを嫌ってる人が可視化されてる気分だ。ネットで他人を叩いてるのは、多分こういうまともな人たちなんだろう。

　チラリと窓を見ると、渋谷に重なった透明なカワハギが見つめ返してきた。艶やかにテカっている魚類の顔の、死んだ瞳と目が合う。ここは、どっちだろうと思った。私は今、どっち側に行こうとしてるんだろう。目の前のカワハギがこぽこぽと吐いた泡から、一疋の鳳蝶が蛍光灯に向かって飛んでいって、そのままぶつかって、くるくる舞いながら墜落した。

わかってはいたけど、やはり昼間の渋谷駅は人で溢れかえっていた。遠くから見ていた人混みの中に入ったとき、私はその大きな生物の細胞になって、その一人一人にある首筋を伝う汗やら、熱気やら、臭気やらを運びながら地下の奥の奥へ吸い込まれていく。一疋の癌細胞は、初めて来るこの地下のラビリンスに分け入りながら、反射的にここに爆弾を仕掛けたら、何人殺せるんだろうと考えていた。

まず11：33発の山手線内回りに乗って、そこから十一駅目の東京駅で降りて、東京駅から12：20発の新幹線新函館北斗行きに乗りかえて、そこからできるだけ人のいなそうな駅で降りる。頭の中で昨日調べた経路を確認していると、平行に並んだ小さな二つのライトが遠くで緩くカーブして、徐々に電車の姿に成長してホームに訪れた。ドアから吐き出された人々がきちんと列をつくってエスカレーターで出荷される。人混みが私を急かしながら押し流す。押されながら流される。流されたくない。逆流する。怪訝な顔でこっちを見る。顔が一瞬羊に見えた。母親と手を繋いでる少女が困惑しながら私を見る。この子は子羊。みんながこっちを見てる。大勢の羊。指を差して、死ねと言ってる。死ぬのはお前らだ。お前らが死ね。目の前のおっさんを突き飛ばす。イヤホンをしながら携帯をいじってる横のメガネにぶつかって絡まりながら倒れる。ぎゅうぎゅう詰めだったから周りの人間も巻き込んでドミノみたいに倒れていった。隙間が空く。大勢の瞳に私が映る。全員が私を見てる。驚く目。敵意のある目。排除する目。マイナス記号みたいな羊の目。走った。捕まる前に。誰かの荷物に体をぶつけながらエスカレーターの右側を走る。エスカレーターをご利用の際は、手すりにおつかまりのうえ、黄色い線の内側にお乗りください。

ホームに着いても、走って、走ってる間も前のやつを突き飛ばす。乱れる。整列してたのが乱されていく。解放されていく気がした。乱れろ！　全部乱れればいい。走れ！　私は、私のこの前歯みたいに整列を乱しながら、掻き分けていった。溺れながら、いや、溺れていても、這う、這う、進む。

発車直前のどこに行くかもわからない電車に乗り込んだ。駆け込み乗車は危険ですのでおやめください。ドタドタと入ってきた私を電車の中の奴らが見てくる。向かい合うタイプの座席に、うなぎパイの紙袋を持ったおばさんと対面するようにして座る。

ポケットから裸のカプセルを取り出して、ボリボリと噛み砕く。前のおばさんが驚いた顔でこちらを向く。すぐに吐き気が襲うけど、水を流し込んで、無理やり痙攣を抑え込む。体は不自然な人工物を拒絶する。それでも緩やかに自然な死のプロセスを踏んでゆく。もし終わりが近いとしても、別にそれで良いと思った。何もかも受け入れよう。そもそも逃亡という字を分析してみれば、逃げて死ぬという意義だ。死ぬために逃げるんじゃない。逃げて死ぬんだ。何度もその文字を反芻してるうちに、ある衝動が私に浮かんだ。それは、生まれてすぐの海亀が何かに惹かれるようにして一斉に海へ向かうように。けれど、それとは寧《むし》ろ反対な方向に動こうとする衝動だった。もう一歩あそこに近づいた気がした。このまま私の設計図に描かれた通りに、そこまで流れていこうと思った。

もうすぐ電車がトンネルを抜ける頃だった。母親の隣で、小学生くらいの少年が眠っている。あどけない顔の何かを抱くような彼の手に、雫が一滴降ってきた。ぽたぽたと、雫は彼を覆っていく。雨が降ってる。蕭蕭《しょうしょう》と、雨が降ってる。私たちを覆って、浸してしまうみたいに。溺れていくようにも、満たされていくようにも。雨が私たちをつたっていく。

濁った水の中で、私たちはぷくぷく生きている。逆立つような髪の下で、おばさんの顔が自然にブタになってる。丸メガネのブタが、ポケットティッシュで洟を擤《か》む。

まだ暗い窓を見ると、カワハギじゃなくて彼女がいた。当たり前のようにそこに彼女が佇んでいた。彼女は、誰よりも綺麗で、ヴェヌスの誕生みたいに、処女のままそこで息づいてる。口元から溢れた泡が真上に浮かんでいく。この場所には誰もいない。彼女の周囲は、白く濁りながら、淡く澄んでいる。

初出「すばる」２０２４年11月号
第48回すばる文学賞受賞作

単行本化に当たり、加筆・修正を行いました。
本作品はフィクションであり、
人物・事象・団体等を事実として
描写・表現したものではありません。

装丁＝川名潤

樋口六華（ひぐち・りっか）
２００７年生まれ。茨城県在住。
２０２４年、本作で
第48回すばる文学賞受賞。

泡《あぶく》の子《こ》
２０２５年２月10日　第１刷発行

著者　樋口《ひぐち》六華《りっか》
発行者　樋口尚也
発行所　株式会社集英社
〒１０１-８０５０　東京都千代田区一ツ橋２-５-10
電話　０３-３２３０-６１００（編集部）
０３-３２３０-６０８０（読者係）
０３-３２３０-６３９３（販売部）書店専用
印刷所　大日本印刷株式会社
製本所　株式会社ブックアート


ISBN978-4-08-771893-5　C0093